ランチ酒

原田ひ香

祥伝社文庫

ランチ酒　目次

第一酒　武蔵小山　肉丼

犬森《いぬもり》祥子《しょうこ》は昼前の商店街を、ランチの店を探して武蔵小山《むさしこやま》駅方向に歩いていた。

最近はめずらしくなったアーケードの両側に、ぎっしり店が並んでいる。スーパーや八百屋《やおや》はもちろんのこと、ドトール、マクドナルド、リンガーハット、上島珈琲《うえしまコーヒー》、コメダ珈琲、てんや、ジョナサン、富士《ふじ》そば……日本の主だったチェーンで出店してない店はないんじゃないか、というくらいそろっているのも見事だ。

——めずらしいのはアーケードじゃなくて、シャッター街になっていないことだろうな、今時は。

店だけではない。平日なのに、人々が行き交《か》っている。もちろん、老人が多いが、これだけの人通りがあるのは立派なものだろう。

商店街にはところどころ脇道があって、その道に沿ってまた店が並んでいる。

常設の店舗だけではなく、仮設店舗用のスペースがいくつかあり、そのどれもが物産展や珍味《ちんみ》を売る店などでにぎわっていた。ちらりとのぞくと、超高級とは言わないが、決して安くない品々に客が群がっている。無駄遣《づか》いしたり、散財したりはしないが、うまいものにはちゃんとお金を払うタイプの人たちなのだろう。

――これはなかなかに裕福な町、と見た。

祥子は軽くため息をつきながら、うなずく。

――おいしい飯と、おいしい酒がある町、とお見受けした。

しかし、あまりに店やレストランがたくさんあるためか、逆に目移りし、気がついたら駅前のロータリーまで来てしまった。小さめの駅ビルがあり、その中にもレストランが入っていそうだ。

――駅ビルの中に入ってみるべきか、それとももう一度、アーケード通りに戻るべきか……。

うーん。

小さな声がもれてしまうほど、迷う。

結局、祥子はそのどちらも選ばず、あえて駅の裏側を探索してみることにした。

――こういう町は、商店街から離れたところにもいい店があるはずだ。

犬森祥子には、ランチの店を選ぶ、明確な基準がある。

酒に合うか合わぬかだ。

夜の仕事をしている彼女にとって、ランチは一日の最後の食事となる。朝食はほとんど食べず、仕事前に少しつまんで、仕事後にランチをがっつりとる、一日二食が基本だ。ならば酒を飲んで、リラックスしてから家に帰り、眠りにつきたい。

駅の裏から街道沿いにしばらく歩いた。こじゃれた蕎麦屋《そばや》などがあり、これは自分の目に狂いはなかった、と安心していたら、急に店が少なくなる。ちょっと不安になった。

——これはさっきの蕎麦屋に入るのが賢明かな。近頃の蕎麦屋にはいい日本酒とつまみがあるだろうし。

そう思った矢先に、小さな立て看板が置いてある店が目に入った。肉丼、牛ステーキサラダ仕立て、五種の肉ちらし、ハンバーグステーキ……。びっしりとおいしそうなメニューが書かれている。

肉に力を入れている店らしい。ちらりと中を見る。扉のガラス越しでは、あまりよく見えない。ただ、カウンター席があるのが薄《う》っすらわかる。

——肉は悪くないが、酒があるかどうか……。

これだけの肉メニューがあって、酒がなかったら切ない。

少し悩んで、祥子はポケットからスマートフォンを出した。

こういう時はすぐに調べるのだ。店に入る前に食べ物関係のアプリを見るなんて、食べ歩き小説の主人公や通のグルマンでは失格かもしれないが、祥子にとっては大切な一食一酒。通じゃないから、勘《かん》に頼ったりせず、文明の利器を使うのだ。

――なるほど、夜は居酒屋風になるのか。ならば、昼でも、ビールぐらいはあるだろう。ランチに酒を出してくれる店かどうかはっきりしないけれど、ええいままよ、と扉を押して入ってしまった。

「いらっしゃい」

正午前、開店そうそうの店は、祥子が一番乗りだった。

カウンターにはマスター、その奥さんらしい中年女性と若い女性の三人。カウンター席に案内される。一番端の、よい場所に陣取った。

壁のメニューを見る。

肉系メニューが充実している店だが、鯖《さば》焼きなどの定食もちゃんとある。

「あの、この肉丼のお肉は」

「牛肉です。うちの看板メニューです」

中年女性が明るく答えてくれた。

「じゃあ、それ。ご飯少な目にしてください」

とりあえず食べ物だけ頼んで、様子を見ることにした。

カウンター席が多いが、小さなテーブル席も二つある。

どことなく、バーやスナック風の造り。以前はそういう店だったのかもしれない。
カウンターの上に、プラスチックの小型のメニューを見つける。伊佐美《いさみ》、しきね、黒伊《くろい》
佐錦《さにしき》……芋焼酎《いもじょうちゅう》の名前がずらりと並んでいた。
よっしっ。祥子は思わず、カウンターの下で小さくガッツポーズをした。
牛肉の丼ならビールも合うだろうが、そして、ビールも大好きだが、ここはがっつり肉
に芋焼酎を合わせたい。
伊佐美、しきねなどもいい。でも、せっかくなので冒険して、初めての味を試そうか。
「すみません。この蕃薯考《ばんしょこう》というの、ロックでいただけますか」
蕃薯考の下には「江戸時代の文献を元に再現」と説明書きがあった。なんと、心惹《ひ》かれ
るコピーか。
「あ、ええ」
ちょっと意外そうな顔をしながら、でも、すぐにうなずいて、用意してくれた。
こういう時に「えー、お酒飲まれるんですかあ」なんて、聞き返されないのも、ランチ
酒のお店を選ぶポイントである。
大人なのだ。祥子は大人なのだから、昼から酒を飲むこともある、ということをわかっ
てほしい。

「あら、ちょっと入れすぎちゃった」

つぶやくママと目が合って、自然、微笑《ほほえ》み合う。

ことん、とカウンターの上にガラスのグラスが置かれた。小ぶりのグラスに「入れすぎちゃった」たっぷりの焼酎。透明感のある、角のとれた氷が使われていて、窓から射す光にきらきら輝いている。

ああ。

口に含んで、祥子は思わずため息をついた。

芋の香りが強い、骨太の焼酎である。どのあたりに江戸を感じさせるのかはわからなかったが、素朴と言えば素朴と言えるかもしれない。

「今、丼《どんぶり》、できますからね」

先に、味噌《みそ》汁と小皿が運ばれてきた。皿には、ぽっちりの香の物、のりの佃煮《つくだに》、小さな冷や奴《やっこ》が盛られている。

――これは、つまみにありがたい。

薄味の佃煮をなめながら飲んでいるところに、肉丼がやってきた。

――はわわわわ。

声を出さないように、必死で抑えた。

花開いている。薄切りの牛肉が丼の上に隙間《すきま》なく敷き詰められて、薔薇《ばら》のように花開いている。その上に、がりりと黒コショウがたっぷり。

美しい。こんな美しい丼は初めて見た。

「ご飯、少な目にしておきましたからね」

これなら、白米と一緒に食べるだけでなく、酒のつまみにも十分なりそうだ。そのぐらい、肉が多い。

牛肉といっても、ピンク色のローストビーフ丼的なものではない。薔薇色のタタキだった。

まずは真ん中の黒コショウのたっぷりかかった一切れを口に入れ、芋焼酎を飲む。

「ああ」

今度はたまらず、声をもらしてしまった。

——褒《ほ》めてやりたい。ここに決めた十数分前の自分を、力いっぱい抱きしめたい。

ローストビーフ丼、というのが巷《ちまた》でちょっとしたブームになっていることを祥子は知っているし、それも嫌いではないけれど、かなりしっかりと嚙《か》みごたえのあるタタキは、肉のうまさをダイレクトに感じさせる。そして、それがまた、焼酎によく合う。

——これ、ビールでもいいけど、軽い酒だと受け止められなかったかもしれないなあ。

祥子は次に、端の肉を注意深くよけた。肉の下にはキャベツの千切りが薄く敷いてある。それとご飯を箸《はし》でつまんで肉でくるんだ。

——肉の味が薄い分、たれがご飯にまぶしてあるんだ。

その甘めのたれも肉とご飯に合っていい。

もう一口、肉でご飯をくるんで口に入れると、今度は焼酎を飲む。

——これもまたよし。

魚を日本酒にダイレクトに合わせると少し生臭く感じる時もあるが、刺身の脂《あぶら》っこさと白いご飯の甘みというのは本来とても合うと、祥子は思う。

そこに酒を足した、生魚＋ご飯＋酒も好きだ。これらが口の中で三位一体《さんみいったい》となる時、幸せを感じる。と言うと、当たり前だろ、寿司を見ろ、と言われるかもしれないが、それはまた別の話だと祥子は反論したくなる。あの酢飯は白ご飯とはまったく別ものだ。

刺身だけではなく、肉にもこの法則は当てはまる。焼肉はビール単体ではなく、ご飯と一緒に口に入れた方がおいしいのだ。

——けれど、さすがに白ご飯だけでお酒を飲む勇気はないなあ。

ご飯少な目にしたおかげで、酒と一緒でもお腹《なか》がふくれすぎないのも正解だった。

その頃になると、ランチタイムのサラリーマンなどが次々と店に入ってきた。皆、ほとんど、肉丼を頼んでいる。

彼らの闊達《かったつ》な食べっぷりを見ているのは気持ちが良かった。

——皆、一生懸命働いているんだな。その横で昼から酒を飲んでいる、自分。

祥子は頭にゆっくりとアルコールがまわってくるのを感じた。


しょうちゃんでよかった。

昨夜、急に連絡が来て、新宿《しんじゅく》の託児所に迎えに行くと、三歳の横井華絵《よこいはなえ》ちゃんは眠そうにそう言った。

二十四時間営業の託児所の保育士たちも、もう祥子とは顔見知りで「よかったねえ。華ちゃん、祥ちゃん迎えに来てくれたよ」と抱いている彼女に声をかけた。

「少し熱っぽくて、夕飯を戻しちゃったの。子供用の風邪シロップだけ飲ませてあります」

抱きとめた華絵ちゃんは熱くて軽くて、そして、責任は重かった。

華絵ちゃんの母親は託児所の近くのキャバクラに勤めている。シングルマザーだが、その事情を聞いたことはない。ただ、熱があったり、ぐずったり、どうしても託児所に預けられなくて、他の誰にも頼めない時だけ、祥子に、というか「中野《なかの》お助け本舗」に連絡が来る。

新宿から華絵を抱いてタクシーに乗り、目黒《めぐろ》区と品川《しながわ》区の境目あたりにある高層マンションまで連れて帰るのだ。

「少しでも環境のいいところに住まわせたくて」

新宿区内ではなく、ここに引っ越したのだ、と母親は言っていた。

どうせ、昼間だってほとんど外に出ることがないのだから、店の近くに住んで、少しでも早く帰れる方がいいのに、と祥子は心の中で思っていても、口には出さなかった。

「華絵ちゃん、お腹空《す》いてない？」

タクシーの中で声をかけてみたけど、彼女は眠そうに首を振るばかり。

祥子は何度か今夜と同じように横井家に行ったことがあって、そこにはほとんど食べ物が置かれていないことを知っている。何か食べさせるなら、家に帰る途中で買わなければならない。

仕方なく、コンビニの前でタクシーを止めてもらい、華絵を抱いて入った。スポーツ飲料とみかんゼリー、バニラアイス、レトルトのおかゆを買った。

「お母さん、大丈夫ですか。もしも、必要だったら、自分、深夜もやってるスーパーとか八百屋とか知ってますから」

タクシーに戻ると、運転手が心配そうに声をかけてきた。なんとなく事情を察したのだろう。しかし、さすがに、祥子が母親でないことはわからなかったようだ。

高層マンションの上層階の部屋に行き、預かっている鍵を使ってドアを開けた。子供部屋の小さなベッドに運んで横にさせると、寝かしつけるまでもなく華絵は眠ってしまった。祥子はその部屋の片隅に、壁を背にして座った。

椅子《いす》はない。読書用の持ち運びできる電灯を持ってきていた。どんな場所でも待っている間、本を読めるように。

「本を読んだり、スマホをいじったりするのはいい。だけど、絶対に寝るなよ。一晩中起きていることに、おれらの仕事の意味はあるんだから」

「中野お助け本舗」の社長であり、祥子の同級生の亀山太一《かめやまたいち》から最初に言われ、それからもいつもくり返し厳しく言われていることだった。

「じゃなかったら、誰がただ見守ってくれるだけの人間に少なくない金を支払う？」

お助け本舗、といかにもなんでも屋のような名前をつけながら、自分の気に入らない仕事、最近は深夜の仕事以外はほとんど断ってしまう、勝手な社長だった。

「だいたいさ、営業時間夜二十二時から朝五時って書いてあるんだから察しろよなあ」

さらに、昼間の仕事どころか、本人が「見守り屋」と呼ぶ、深夜の見守り、付き添い業の他はほとんど仕事をしない。

「だったら、お助け本舗じゃなくて、見守り屋に名前を変えたらいいじゃないの」

開業の時はどんなことの手伝いでもする「なんでも屋」をやるつもりでつけた名前だった。しかし、夜から朝まで「見守ります」という、思いつきの仕事を事業内容に加えたら、ぽつぽつと仕事が入るようになった。昼間は働くどころか、起きるのも嫌いな亀山はこれ幸いに「見守り業」だけを請け負うことにした。実際には、営業時間はホームページに書いてあるよりもう少しフレキシブルだ。夕方、暗くなってから昼前くらいまでなら客の意向に沿う。

深夜、人の家に行くような仕事がすぐに受け入れられたのは、亀山家の威光が深く関係しているけれど、彼はそれを認めたくないらしい。

「しょうちゃん？」

暗闇から、小さな声が聞こえてきた。

「華ちゃん？」

「しょうちゃん、いる？」

「ここにいるよ」

すぐに華絵のベッドの横にひざまずいた。彼女はつぶらな瞳をこちらに向けている。

「よかった」

「なんか食べる？　飲む？」

　華絵は首を横に振ったが、祥子は彼女の身体を少し抱き起こして、スポーツ飲料を飲ませてやった。

「これでよくなるよ。ちゃんと飲んだら汗をかいて、朝になっておしっこしたら、熱が下がる」

　華絵ちゃんは少し笑った。

「しょうちゃんはいいね」

「どうして」

　肩まで毛布を掛けてやりながら聞いた。

「いつも起きてるから。はなちゃんのママは寝ているよ。はなちゃんとたくじちょから帰ってからずっと」

「ママはお仕事で疲れているからね」

　安心したように、すぐに寝入ってしまった華絵の顔を見ながら、亀山がにやりと笑った顔が見えた気がして、祥子は首を振る。

　しばらくは目を覚まさないだろうと、そっとトイレに立った。

最新式のウォシュレットがついている大理石のトイレ、2LDKの家族世帯向けの間取り。華絵の母親が借りているのか買ったのかは知らないが、マンションの形態は賃貸用ではなく分譲用だろう。

玄関に大きな油絵が飾ってある。それも華絵の「知育」のために買ったもので、小さい時からよいものを見せたいのだ、と自慢した。けれど、大型冷蔵庫はいつもからっぽで、「余計なものは置きたくない」と言う。

ひどい母親だと言う人もいるかもしれない。見当違いな愚《おろ》かな母親だとも。でも、祥子は、ちぐはぐだけど、必死の愛情をいつも感じた。だから、時にぶっきらぼうな態度を取られても、祥子は華絵の母親が好きだった。

キャバクラは深夜に一度店を閉め、数時間休んでから、早朝また開店するらしい。その時間帯もまた、客がそこそこ入る、と聞いた。

それでも、いつもより早めに帰宅した彼女と交代して帰ってきた。

「何か、買ってきましょうか。薬とか」

一応、声をかけてみたが、疲れ切った母親は無表情で首を横に振った。渡された封筒には規定より少し多い、一万五千円が入っていた。それもまた、華絵ちゃんへの愛情だと思った。

「亀山さんに、お店の方にもまた来てよ、って言っておいて」

「わかりました」

華絵が起きるのを待たずに家を出た。いつも起きている、と言ってくれたのに。


そのことが、こうして酒を飲みながらもずっと気になっていた。

——仕方ないか、結局、身内でもないわけだし。

「何か、もう一杯、飲みますか」

小さくため息をついたところに、店のママが声をかけてきた。

「じゃあ、今度は伊佐美を。また、ロックで」

声のかけ方が絶妙で、つい注文してしまう。昼間に酒を頼む時、他にたくさん客がいるとちょっと頼みにくく、こうして向こうからうながしてもらえると、結構、嬉《うれ》しい。

——二杯は飲みすぎかなあ。でも、ランチは私にとっては夕食みたいなものだし。

残っていた酒を飲み干した。氷がとけていて、水に近くなっている。それもまた、祥子は嫌いではない。チェイサーのようにすっきりする。

——伊佐美って、少し前までなかなか飲めない希少酒だったのに、わりに見かけるようになった。

そう思っているうちに、新しいグラスが置かれる。薄くなってしまった酒も好きだが、やっぱり新しいグラスは心が躍《おど》る。

――つまりまあ、酒ならなんでもいいわけだ。

牛肉とご飯、そしてたれの一体感を楽しみながら、丼の中間地点は楽しんだ。最後に、五、六枚の牛肉のタタキが残る。

それをつまみに伊佐美を飲んだ。

店を出ると、亀山から電話がかかってきた。

「今日もありがとう、って横井さんから連絡が入った」

「お店にも寄ってほしいって、言ってたわよ」

「それはもう聞いた。犬森に今夜も来てほしいそうだ」

「そう」

「熱が下がらないから、予約しておきたいって。よろしく」

「まいど」

「あと、今週中に、一度事務所に顔出せよ」

「はいよ」

電話が切れた。

――今夜も華絵ちゃんに会えるのか。

ちょっとほっとした。

また、スマートフォンが震えた。亀山からまだ何かあるのか、と画面を見たら、メールが来ていた。

『来月は明里《あかり》の保護者参観が入ったから会えないよ』

元夫からのメールだった。

心がきゅっと震える。それには返事をせず、スマホをポケットに突っ込んで、一人暮らしの自宅に帰るため、駅に向かって歩き始めた。

第二酒　中目黒　ラムチーズバーガー

目黒川に、灰色の鳥が泳いでいるのが見えた。

――川の近くに住むということは、どんな気持ちだろう。

犬森祥子はこの川辺の道を歩く時、いつも同じことを考えてしまう。そのことにあこがれがあるからだ。自分でもよく自覚している。

「そんなにいいことないのよ、春はお花見客で混み合うし、夏は臭うしね」

前夜の雇い主であった、染野葉《そめのよう》は、以前、祥子の言葉を聞くと、なぐさめ顔で答えた。深い意味もなく、話の接《つ》ぎ穂《ほ》に使った話題だったのに、哀《あわ》れむかのように言われると、祥子は自分が住む場所も選べない、情けない人間のように思えてしまった。葉は気を遣いすぎるほど遣う人間で、だからこそ、周りを傷つけてしまうようなところがあった。そして、それを自分で自覚しているからこそ、今の職業を選んだらしい。

彼女は専業の株式トレーダーだった。普段はほぼ自宅にこもりきりだが、時々、地方で講演やイベントの仕事があって、家を空ける。そして、その時だけ、祥子を頼む。子供の頃から飼っていた、十五歳の老犬のためだ。

「講演だなんて、有名人なの？」

初めて葉の家に来る前、亀山に尋ねた。

「よく知らないが、ネットとかで株式のブログやらエッセイやらを書いているうちに、その世界ではちょっと知られるようになったんだと」

「へえ」

「今は簡単に有名人になれるからな」

外に出かける時、葉は大きな黒縁《くろぶち》めがねをかけ、淡いミルクティー色のカツラをかぶる。

変装用、と本人は言う。大きなお金を動かしているし、若い女性だから自衛のため、と理由を付けて。けれど、祥子には、葉がそこそこ美人だからだと思われた。わずらわしい男性関係を最初からシャットアウトするために。成功しているのかいないのかわからないが、それはそれでよく似合っていた。

そんな用心深い女性が、祥子のような人間を家に入れるのは、やっぱり、亀山家の信用によるものが大きいのだろう、と祥子は考えた。葉と亀山太一の父親は経済同友会主催の勉強会で一緒になったことがあるそうだ。

預かっている鍵でマンションの部屋のドアを開けると、奥から、シーズーのモスがゆっくりと走ってきた。ゆっくり走るなら、歩くのと一緒だと思われそうだが、そうではない。ちゃんと走っている。大空の下で草原を駆《か》けているような気持ちなのかもしれない。

ただ、遅いのだ。

「モス」

声をかけて、頭をなでると、「クン」と鳴いた。片目が濁《にご》っている。

「たとえ認知症の症状が出ているといっても、犬のために人を雇うなんて、贅沢《ぜいたく》だと思うかもしれないけど」

初めて来た時、葉は上目遣《うわめづか》いに祥子の顔色をうかがいながら言った。

「こんな仕事をさせるなんて申し訳ないけど」

そう恐縮すればするほど、ある種の相手には惨《みじ》めさが募って恨《うら》まれることもある、ということには気がつかない。本当に、葉は誤解されやすい人だ。

「かまいませんよ、それが仕事です。他にもペットの見守りをしたことはありますし」

実際、気にもならなかった。表情も変えずに言うと、ほっとした表情を見せた。

「夜中に粗相《そそう》しちゃうの。家に帰ってくると、ウンチやオシッコがあって……私はかまわないんだけど、本人がすごく気にするの。悲しそうな顔で」

「わかります」

「それから、犬って認知症の症状が出ると、後退《あとずさ》ることができなくなるのね。帰宅したら、何度か部屋の角に頭を押しつけてその場で足踏みを続けていたことがあって。いったい、何時間、ああしていたのか……」

葉は自分の目が赤くなっているのを隠すように横を向いた。

「夜中に目を覚ましたら、トイレまで連れて行ってやって。あと、角に頭をつけたら……」

「だっこして、犬用のベッドに寝かせればいいんですね」

子供を見守る時と同じように、モスのケージがあるリビングの隅に座り電気を消した。

祥子に慣れているモスは、すぐに寝息を立て始めた。読書用の携帯電灯だけつけて、本を読む。

古い1DKを改装した部屋。トイレなどの水回りに年季がにじむが、シンプルでものが少なく、すっきりとしていて住みやすそうだった。

――いろんな家に行くけど、葉さんの部屋が一番好きかもしれないな。

モスは一度だけ起きた。トイレに連れて行って、水を飲ませた。しばらく、くんくん鳴いていたが、頭をなでてやったら寝た。

あたりが明るくなると、目を覚ました。外に出たそうに、祥子の周りを歩くので、リードを付けて目黒川沿いの遊歩道に連れて行った。

桜の木々のつぼみは見られるものの、まだほころぶまでには至っていない。花見客でいっぱいになるのは一、二週間先だろうか。

「犬森さんは何時まで見守りできるの？」

一昨日、仕事を頼まれた時に電話で聞かれた。

「基本的には何時まででも。ただ、私も眠くなってしまうので。だいたい午前十一時くらいまでですかね」

「じゃあ、その時間いっぱいまで居てくれる？　この間、来てくれた時、朝になったら帰っちゃったから、モスがさびしかったって言ってた」

言ってた？　モスが？　声に出さなかったが、こちらの気持ちは察したらしい。ふふふ、と葉の笑い声が聞こえた。

「私とモスは話せるの。驚いた？」

祥子は驚かなかった。動物と話せる、と主張する女は世間にたくさんいる。

散歩のあと家に戻ってご飯を食べさせると、モスは寝てしまった。十一時を過ぎる頃、水を替えてやって、家を後にした。モスが玄関まで追ってきたのが不憫《ふびん》だったが、時間になったので、仕方がない。鍵はドアポストに入れた。

葉の家は、目黒と代官山《だいかんやま》と中目黒《なかめぐろ》のちょうど中間点くらいにある。中目黒まで歩くことにした。

——どこかおいしそうなお店があれば、食べて行こう。

目黒警察署のあたりまで歩いて、川端から山手《やまて》通りに出た。両側にぽつぽつと店がある。中華屋、インドカレー屋、ラーメン、ステーキ屋……角に、おしゃれなカフェ風の店があった。黒板を使った立て看板にハンバーガーの絵が描いてある。

〝ビールの種類も豊富です！〟

——これはいい。

ほとんど即決で店に入った。

木をふんだんに使ったカフェ風の店内に、若い女性店員が二人。ハンバーガーでもアメリカンというより、ナチュラルな雰囲気である。どちらでもお好きなところにおかけください、と声をかけられて、壁際のベンチ席を選んだ。開店してすぐの時間で、祥子が最初の客だった。

——カウンターに自分で注文しに行くシステムの店だろうか。

一瞬、迷った時、水とランチのメニューを持ってきてくれた。ランチだと、ポテトフライが無料で付くらしい。

——普段、こういう本格ハンバーガー屋では、アボカドバーガーを頼むのだが。

女子の例にもれず、祥子はアボカドが大好きなのだ。

けれど、メニューには定番のクラシックの他に、ジンジャーポークやらパインやら、さまざまなバーガーがあって目移りする。

クラシックと一口に言っても店によってさまざまだ。ここのはグリルオニオン入りで、グリルドクラシックバーガーになると、トマトが入ってくるらしい。

クラシックバーガーが一番シンプルなバーガーなのかと思ったら、その下にただのハンバーガーがあって、こちらはオニオン抜きのトマト入り。

——その下の、エッグバーガーというのは、目玉焼きが入っているのかな。とすると、ちょっと佐世保《させぼ》バーガー風かもしれない。

ピリ辛《から》のチリもある。ベーコンチーズバーガーも。しかし……。

——ラムバーガー？

メニューの最後の方にラムの文字があった。最後なのに、「当店のおすすめ」との表記。

——ラム、羊肉のハンバーガーって初めて聞くかも。

一通り、ランチのハンバーガーのメニューをチェックした後、アルコールメニューを開く。入り口に書いてあった通り、瓶《びん》ビールがずらりと並んでいる。日本のビールではなくて、おしゃれで細い、海外の瓶ビールだ。

――お、ヒューガルデン、コロナ、シンハー、ブルームーン……。缶のよななエールもある！

祥子はヒューガルデンの軽い苦みと酸味のある味を思い出した。これはラムに合うかもしれない。

この店は夜になるとバーというか飲み屋にもなるようで、カクテルやハイボールも並んでいた。しかし、メニューをよく読むと、瓶ビールではなく樽《たる》から注《つ》ぐ、ブルックリンラガーというのが、ここのおすすめのようだ。こくのある味でハンバーガーとの相性も抜群です、と書いてあった。

――ブルックリンラガーって、これもまた、初めてだよなあ。よし、これに決めようかな。けど、1パイントと小生というのがある……1パイントって結構、量あるんだよなー。飲みきれるかな。

「お決まりですか」

さわやかな店員さんが注文を取りに来てくれた。

「ラムチーズバーガーと、ブルックリンラガーの1パイント」

――頼んじゃった。結局、頼んじゃった。勢いで。

店員さんが「昼から1パイント?」なんて顔をせず、にこやかにうなずいてくれたのが嬉しかった。

すぐに厨房《ちゅうぼう》から、ジューッとパティを焼くような音があがった。ポテトを揚《あ》げる音も。

――この音だけで一杯飲めちゃう。

先に、ビールが届いた。

やっぱり、大きい。1パイントは500ミリリットルくらいだから、中生のジョッキと同じような感じかもしれないけど、泡が少ない分、量が多く見える。琥珀《こはく》色の、日本のよりかなり濃いビール。

――きんきんに冷えた生ビールもいいけど、この泡のないビールも時々飲みたくなるのよねえ。

一口する。かなりビター。苦みが強い。

――これはいい。ラムのバーガーと合いそうだ。

思ったよりも早く、ラムチーズバーガーが届いた。長方形の皿、横に付いている細いポテトもたっぷり。

「ハンバーガー用の袋がありますので、それで包んで、つぶしてから食べてください」

店員さんが指した方を見ると、ナプキンと思われたのは、袋状になった紙だった。厚みのあるバーガーは串《くし》で刺されている。それをはずし、紙に包んで押しつぶした。すべて注意深く、おそるおそる行った。

——手間がかかる方がおいしく感じる、かも。自分も作るのに参加したような。

紙の袋を開いて、一口目をかぶりつく。味の濃い、力強いバーガー。羊特有の臭みはほのかに、でも、確実にラムの味がする。尋常じゃない量の肉汁が落ちた。

——袋がなかったら、手がびしょびしょになっただろうな。これ、おいしい。絶対、ブルックリンラガーに合う。

慌《あわ》てて、ビールのグラスをつかみ、ごくごくと流し込む。

「あうっ」

あまりのマリアージュの見事さに思わず声が出た。

しばらくは、息もつかず、ハンバーガー、ビール、ハンバーガー、ビール、時々ポテト、ビールの反復運動をくり返した。

——バーガーはこれでなくちゃ。何も考えずにむしゃむしゃ、食べて、飲んで。

半分まで食べ進めた頃に、テーブルの上に黄色い容器が置いてあるのに気付いた。ハインツのマスタードだった。

——肉とマスタードって合うんだよなあ。パリのカフェで、ステーキとチップスを食べた時、リヨンのマスタードが付いてておいしかったっけ。

さて、アメリカのマスタードは？　とハンバーガーに注意深くたらす。

——酸味が強くて、辛みはほとんどない。リヨンのマスタードと同じ。おいしいっ。

これなら、ポテトフライでもいけるかも、と皿の脇に出す。

ポテトに付けて食べると、これまた、味が変わって、ビールもさらに進む。

気がつくと、あっという間に、ビールは三分の一ほどになっていた。

——飲みきれるか心配したの、誰だよ。

残ったバーガーを食べながら、メニューを開いた。

——夜はフィッシュアンドチップスとかフライドチキンも出すのか。お、ラムチョップを丸ごと揚げた、ラムカツなんていうのもあるのか、なかなか魅力的な店だ。また、夜、来るか。

十二時を過ぎると、ぽつぽつと近くの会社員らしい人たちが入ってきた。テイクアウトもでき、外国人も多い。祥子は店の裏に外資系の電機メーカーがあるのを思い出した。

——昼間から飲んでいても、誰も気にしないのが嬉しい店だ。

「来月は土曜日に、明里の学校の保護者参観があって休みじゃないから、次は再来月だな。近くなったら連絡する」

第一土曜日がだめなら、日曜日でも、次の土曜日でも、と言おうとしたのに、元夫からの電話はすぐに切れた。

電話をかけ直そうとも考えたが、結局、しなかった。

――何か、お義母《かあ》さんの考えが働いているのかもしれないし、別の予定があるのかもしれないし、明里の要望かもしれないし。

こういう時にもう一押ししないから、今の状況のままなのだろう、とわかっていても祥子にはできない。

祥子の元夫、杉本義徳《すぎもとよしのり》と出会ったのは、祥子が短大卒業後上京し、就職して二年目の二十二歳の時だった。友達との飲み会、という名の合コンで、男も女も三人ずつという比較的静かな会だった。杉本はすでに三十歳、「おじさんの僕がこんなところに来て、申し訳ない」と本当にすまなそうに言うのが、好ましかった。自分も住宅メーカーなら、相手も電機メーカー、住んでいる場所が代田《だいた》と明大前《めいだいまえ》で同じ世田谷《せたがや》区という地味ながら確実な共通点で、彼とは話が合い、数回デートした後、セックスした。

あまりにも平凡だった出会いが劇的に変化したのがその時だった。場所は渋谷《しぶや》のラブホテルで、そこにあった避妊具を使ったところ、行為の途中で破れてしまった。

その一回の非凡で、祥子は妊娠した。

お互いにほのかな好意は抱いていたし、これからもつき合っていこう、という気持ちはあった。けれど、それはあまりにも早すぎる決断の強制だった。

義徳は優しく、「君の気持ちに従うよ」と言ったが、正直、かなり戸惑《とまど》っているのは確かだった。祥子もまだ、仕事を始めたばかりで、なんのスキルも身に付けていなかった。本当は、就職した住宅メーカーでインテリアや不動産の資格を取りたいと思っていたのに。住宅メーカーは男性中心の世界で、産休を取って働き続ける、という道は実質的にはないような会社だった。

それでも、祥子たちが結婚、出産という道を選んだのは、あまりにも平凡すぎ、常識的すぎたからかもしれない。

祥子は自分が、産婦人科の手術台の上にのる人生など考えたこともなかったし、それは義徳も同じだった。ただ、彼の方には三十歳を過ぎて、そろそろ結婚したいと思っていたという、少しだけ前向きな意思はあった。

小さな命を殺すことなんてできない、というほど高尚な考えではなく、愛し合っている自覚もなく、二人は相手のことをほとんど知らないまま結婚し、子をなした。

義徳の両親は世田谷区内に持ち家を所有しており、息子が二十代後半になる前に、彼をローンの筆頭にした二世帯住宅を建てていて、そのまま同居することも決まった。

退職、結婚、出産、同居。大きな変化をよく乗り越えたと、周りの人は祥子を褒めてくれたけど、本当の苦悩が来るのはむしろその後だった……。


「ヒューガルデンください」

隣の席を片づけにきた女性に、そう声をかけた。

「はい」

いい笑顔で答えてもらって、ほっとした。

瓶ビールがグラスとともに、運ばれてくる。祥子はグラスに注がずそのまま口をつけた。まあるい口当たりのガラス瓶から、ヒューガルデンの軽い酸味のある液体が入ってきた。

「ママ、次はいつ会えるの?」

先月、明里が最後に言った言葉が忘れられない。

家には帰りたくない。

中野坂上《なかのさかうえ》から歩いて八分のワンルームマンション。

そこには小さな薄暗闇が待っている。

帰ったら、カーテンを隙間なく閉めて、ベッドに入り、眠るだけ。

一瞬で睡眠に入れなければ、現実が祥子を捕らえて離さない。

つらいのは自分の境遇や運命じゃない。それはいい。一番、つらいのは、他の人を傷つけている、ということ。他の人を、何より、自分の子供を苦しませていること。

だから、泥酔《でいすい》したい。

一分、一秒でも長く、ここにいて、家に帰ったら、すぐに寝たい。

新しいお酒はここにいさせてもらう、免罪符だ。

決してありあまる家計ではないし、貯金もしなければならない。だから、仕事帰り以外は自炊をして節約する。ランチ酒が唯一《ゆいいつ》の祥子の贅沢だった。

お願い。私をもう少しここにいさせて。

祥子は最後の、冷めたバーガーとポテトを口に運びながら、ビールを喉《のど》に流し込んだ。

第三酒　丸の内　回転寿司

丸《まる》ノ内《うち》線、東京駅の改札を出たところで、うーんと伸びをした。

——丸の内に来るの、久しぶりだな。

ＯＬ時代は丸の内で働いていたのに、結婚し子供ができてからは、あまり使わない駅になった。

昨夜からの仕事場所は御茶《おちゃ》ノ水《みず》だったから、丸ノ内線一本で帰れる。自宅のある、中野坂上でなんか食べて帰ろう、と思ったのに、トウキョー、トウキョーという声を聞いたら、なんだか降りたくなってしまった。

——東京駅には最近、おいしい弁当屋が多いらしいし。

ちょっと豪華な弁当を買って帰って、ビールを飲んで寝ようか、と考える。

しかし、大丸《だいまる》や地下街の弁当売場を見ていたら、これまた、あれもこれもおいしそうに見えて目移りしてしまった。

——日本、おいしいもの、ありすぎなんだよ。

はっと、北海道の回転寿司チェーンがＫＩＴＴＥ《キッテ》のビルの中に支店を出していることを思い出す。昔、札幌《さっぽろ》店には一度行ったことがある。人気店でいつも混んでいると聞いて、丸の内店にはこれまで訪れたことがなかった。スマートフォンで検索すると、十一時の開店らしい。腕時計を見ると、十時四十五分。

――今なら開店と同時に、並ばずに入れるかもしれない。

ほとんど反射的に走り出していた。

ＫＩＴＴＥ、以前は東京中央郵便局だったこのビルは、祥子が好きな建物だった。外から見ると見上げるほど高いけれど、商業ゾーンは地下から六階までと広すぎず、真ん中が吹き抜けになっている。このゆったりしながらも、こぢんまりした感じがよい。無料で入場できる、東大の所蔵物を展示した博物館も楽しい。

十一時少し前に店の前に着いて驚いた。

すでに行列ができている。祥子は一人だから、なんとか入れそうだが、慌てて並んだ。

――前に、幸江《さちえ》もここはおすすめだって言ってたっけ。

吹き抜けの天井から下がっている、巨大なシャンデリアを見ながら思い出した。

幸江は祥子の中学時代からの親友で、外資系の企業で秘書をしている。

仕事柄、海外からの客を案内したり、もてなしたりすることが多く、気の張らない相手なら、ＫＩＴＴＥの和食屋で食事をして、雑貨店を巡るのが一番喜ばれると話していた。

日本製の繊細《せんさい》な手仕事の雑貨に歓声が上がるそうだ。

祥子が離婚した後、最初に連絡をくれて、しばらく家に居候《いそうろう》させてくれたのが幸江だった。

そんなことを考えているうちに店は開き、すぐにカウンター席に通された。U字型の回転レーンの片側の一部が四人掛けの席になっており、三人以上の客が案内されていた。そのほとんどが海外からの観光客のようだった。祥子の隣も両方、外国人だった。片方はアメリカ人らしいビジネスマンで、もう一方は中国人の夫婦である。

——確かに外国人が多い。なんだか、ニューヨークの寿司屋に来たみたいだ。行ったことないけど。

メニューを見ながら、湯飲みと醬油《しょうゆ》皿を用意し、何を飲むか考える。

——生ビール、ハイボール……冷酒「北《きた》の勝《かつ》」、地元根室《ねむろ》唯一の地酒、と。これはいい。

通りかかった女性店員に、「すみません。北の勝、一つ」と頼んでおく。

「はい、おちょこは?」

「一つでいいです」

「お客様、お荷物、こちらでお預かりしましょうか」

祥子の大きな持ちものに気づいて、彼女は気を利《き》かせてくれた。旅行客が多いから慣れているのだろう。

「あ、お願いします」

荷物を預けて、メニューを見つめる。

――イカ耳、ゆず塩だって。日本酒に合いそうだ。これと、せっかくだから、北海道らしいものが食べたいな。

店内の手書きの黒板メニューに目を移す。真っ赤な蟹《かに》の絵が描いてあった。

――おお、花咲蟹《はなさき》の味噌汁。花咲、東京で食べるのは初めてだ。

花咲蟹は根室で水揚げされ、地元にしか出回らない、めずらしい蟹である。

「すみません。イカ耳のゆず塩、サーモン、花咲蟹の味噌汁、お願いします」

サーモンはどこにでもあるけれど、北海道発祥の寿司屋で食べるのはまた格別な気がする。

寿司の注文とほぼ同時に、冷酒が来た。

「はい、冷酒、です。こちら、冷酒のお皿です」

「ありがとう」

ガラスのおちょこと大きな徳利《とつくり》。二合分はゆうにありそうだった。

当然、手酌《てじやく》でちょこに注ぎ、一口、口に含む。

——いい酒だ。さわやかだけど、しっかりしたうまみもあって、寿司に合う。何より、量が多い。

イカ耳と、サーモンを寿司職人が手渡してくれた。

何を隠そう、祥子はイカが好きだった。

「祥子は安上がりでいいな」

新婚の頃、一度だけ、北海道に旅行をしたことがあって、その時、札幌のこの店の支店に入った。イカを食べている祥子の耳元で、彼がささやいた。彼とのあまやかな記憶はそれぐらいだった。思い出しただけで、耳がくすぐったいような、わずらわしいような、複雑な思いに顔が赤くなった。

すでに妊娠安定期に入っていた。あれが唯一、元夫との二人きりの旅行だった。新婚旅行というほどではなく、ただ、帯広《おびひろ》に住む祥子の父親に挨拶《あいさつ》に行くためだけの旅だった。妊娠、結婚が早すぎて、式も挙げていなかった。

——うわ、イカのせいで、もう何年も忘れてたこと、思い出しちゃった。

祥子は目の前の寿司を見つめる。

——香りと同じで、味覚も記憶を研《と》ぎ澄《す》ますのだろうか。

慌てて、サーモンを頬張《ほおば》った。大きめのネタで、繊細なイカとは真逆の野性味あふれる旨みが広がった。

　あの日、札幌から列車で帯広に降り立った祥子たちを、父は車で迎えに来てくれた。父は農協に勤めていた。父とは入籍する直前に、元夫とともに、一度、東京で会ったきりだった。元夫は深くお辞儀をしていたが、それ以上、地面に着くほどに頭を下げていたのが父だった。

「なんの準備もできませんで」

　乗り込んだワンボックスカーの中で、夫となった人はめずらしげにきょろきょろ辺りを見回していた。祥子は運転する父親の背中を見つめるばかりだった。

「根室のさんま、ください。それから、ツブね」

　——最後に地元に帰った時、父はツブ貝をゆでてくれたっけ。


「あなた、車の運転はできる？」

　昨夜の雇い主、小山内学《おさないまなぶ》の母、元子《もとこ》は、一人息子が仕事に出ていくと急に祥子に向き直り、そう尋ねた。北海道では免許がなければ生活できない。

「できますけれども、いちおう」

　すると、彼女は電話の横の小箪笥《こだんす》から車のキーを出して、横に投げてよこした。慌てて、はっしと受け止める。

「じゃあ、出かけましょう」

「どちらに?」

一ヶ月前、ここに来た時には自分の部屋に閉じこもりきりで、ほとんど口を利いてくれなかった元子が話しかけてくれたのは嬉しかった。けれど、息子がそばにいる時には目がぼんやりして、じっと窓の外を見つめていた彼女が、ドアをばたんと閉め彼が出ていったとたん、スイッチが入った電動人形のように生き生きと動き出したのには戸惑った。

「小山内さんから、外に出ないように、と言われているのですが」

依頼主からの言いつけは絶対に破らないと決めていたし、亀山からも強く言われていた。他人の領域に深く入りすぎないというのも、祥子自身が決めたルールだった。

かなり迷った。

「それは私一人で、っていうことでしょう?」

小山内は独身で、近所の出版社に勤めている。月刊誌の編集長をしていて、月に一度、雑誌の発売前の校了時期になると徹夜で一晩中家を空けないといけないらしい。

「まだらボケ、というのでしょうか」

彼と初めて会ったのは、神保町《じんぼうちょう》の喫茶店だった。どんな人か見てみないと母親を預けられない、と言われて、待ち合わせをした。

「まあ、面接だよな」というのは亀山の解釈だった。

神経質な人だったら困る、と思ったけれど、編集長という肩書きから想像していたのとは違う、おっとりとした口調で、小山内は説明してくれた。

「普通に話をするし、表情も明るい時もあるけど、無表情でぼんやりとしてしまっている時もあって。急に自分のいるところがわからなくなってしまったりするんです。特に地理やお金の計算のようなものが」

普段の小山内は、仕事が終わればすぐに帰宅し、元子の作った食事を食べるのが日課なのだそうだが、校了時期だけはどうしても一晩か二晩、徹夜になる。最近、元子が一人で外に出てしまい、タワーマンションの自宅に帰ってこられなかったことが二回続いた。

「女学校を出たあと、どうしても英語の勉強をしたい、と言って一人で田舎から上京したような人なんです。なのに、アルツハイマーだなんて」

今は薬で進行を遅らせているけど、と言葉とは裏腹に冷静な口調で言った。

「母の部屋には入らないでほしいんです。とてもいやがるから、私も入らないことにしているので。掃除なんかは自分でしているから大丈夫です」

実際、先月来た時には、元子は自分の部屋にこもりきりで、祥子は一人、ダイニングキッチンで朝を迎えた。明け方、トイレに出てきた時だけ、顔を合わせた。

「起きているのね」

「はい」

交わした言葉はそれだけだった。


「どちらに行きますか」

シートベルトをしめながら、もう一度尋ねた。

小山内の車は、小型の黄色いオープンカーだった。いかにも、お金持ちの独身者らしい、と思った。

「ホームセンターに行きたいの。できるだけ大きなところがいい。園芸用品のそろっているところ」

はて、あのマンションの部屋には、植物らしいものはなかったが、と思いながら、祥子は重ねて尋ねた。

「このあたりにはあまりないですね。大きなホームセンターなら郊外ですね。二十四時間営業でないと今の時間、開いてないですし」

「任せるわ」

祥子はスマートフォンで検索し、足立《あだち》区のホームセンターを見つけた。

「こちらで、どうでしょう。写真と地図を見た限りではなかなかの規模です。園芸店も併設されているようです」

大きな駐車場があって、パチンコ屋、ユニクロ、チェーンの喫茶店、居酒屋、消費者金融などが同じ敷地内に建っている。

「だから、任せるわ」

「首都高を突っ切って行くことになりますよ」

思いがけない真夜中のドライブになった。元子はものめずらしそうに、夜景を見ていた。その横顔からは何も推《お》し量れなかった。

店に着くと、元子はまっすぐ、園芸売場に歩いて行った。祥子はその後を追った。

元子は売場を一通りさっと回ると、正面に置いてある、華やかな鉢《はち》植えには見向きもせず、店の脇のゴミ置き場のあたりをうろうろした。

「あの……売場はあちらですが」

祥子が声をかけると、振り返ってぎろりとにらみつけ、店の中に入っていった。そして、土や肥料が置いてある売場に向かった。

「ああ。花や野菜の苗は外にあって、園芸用品は店の中にあるんですね」

元子は答えず、質素な素焼きの植木鉢を手に取って、しゃがみ込んでためつすがめつ見ている。祥子はもう声をかけず、後ろから見ていた。

「これはいい」

素焼きの植木鉢の中でも、薄い造りの、特に粗末で安いものをじっと見て、ため息混じりにささやいた。そして、その中のいくつかを指差し、「これ」と祥子に言った。

「買うんですか」

尋ねると、小さくうなずいた。祥子は買い物カゴを取ってきて、それらを注意深く入れた。それらの鉢の近くには、イタリア製の、しゃれた形の素焼きの植木鉢もたくさん並んでいた。それらは、素焼きでなくテラコッタ、というらしい。けれど、元子は見向きもせず、立ち上がった。

それから、元子は乾燥させた水苔《みずごけ》やら、肥料やらを「これ」とまた指差して選んだ。カゴがいっぱいになると、「もういいわ」と言って、祥子にうなずいて見せた。祥子は小山内から、念のため預かっている財布から金を出した。

帰りの車の中で、元子は満足げにため息をついた。

「楽しかった。ありがとう」

「それが仕事ですから」

そう言いながらも、感謝されるのは嬉しかった。

「仕事?」

元子は首を傾《かし》げながら尋ねた。初めて、そこに祥子がいるのに気がついたかのように。

「はい。私はこちらにいて、小山内さんの見守りをするのが仕事です」

「学の会社の人?」

「違います」

「学の会社の人かと思っていたわ」

「いえ、違います。小山内さんに雇われた、見守り屋です」

「そうだった。学から聞いていたのに忘れてたんだわ。でも、残念だわ。学が会社でどうしているのか、教えてもらおうと思ったのに」

そして、くっくっく、と笑った。

「あんな歳《とし》のおっさんになっても、親は親、子は子なの。あなた、子供はいる?」

「……はい」

「あら、それは申し訳ないわねえ。お子さんがいるお母さんに来てもらっているなんて」

「大丈夫です」

「お子さんは今どうしているの?」

「……たぶん、子供の父親と……その母親と一緒にいると思います」

「え。じゃあ、あなた、結婚は?」

「……いいえ」

「別れたの?」

「はい」

元子は急に、祥子の方に向けていた身体を正面に戻した。

「ごめんなさい。こういうこと、最近はあんまり聞いちゃいけないんだってねえ。息子に注意されているのよ。人には人の事情があるからって。でも、あなたはごくごく普通の、どちらかというとおとなしい人に見えるから。かわいらしい方だし」

祥子は黙って運転していた。心の中で、おとなしくて、かわいい女が離婚しないわけではない、と小さく反発しながら。

「前はね、息子はお友達や会社の部下なんかをうちによく連れてきていたの。私はお料理が嫌いじゃないので、ご馳走《ちそう》したのよ。でも、私が若い女の子に、どうして結婚しないの? って聞いたりしてから、あまり連れてこなくなった」

元子はさびしげに笑った。しかし、祥子は彼がそうなったのには、別の理由があるような気がした。

「いつも失敗しちゃうの、いつもね」

「……結婚ということをよくわかっていなかったんですね」

しょんぼりと助手席に座る元子を見ていたら、自然に声が出ていた。

「子供ができて結婚したんですけど、それが男女の結びつきではなく、家族の結びつきだということがわかっていなかった」

結婚前に妊娠したと言って訪れた婚約者を、相手の母親、元の義母はどうしても受け入れられなかったらしい。

「妊娠の理由をちゃんと話せばよかったのかもしれません。でも、うまく説明できなかった。お義母さんは悪い人ではありませんでした。だけど、息子はだまされたんじゃないか、という気持ちがどうしても抑えられなかったみたいで」

元子は黙っていた。わかっているのかな、と思いながら、理解されなくてもかまわない、と祥子は言葉を続けた。「まだらボケ」と称される元子の症状が、今は逆にありがたかった。

「一緒に暮らしていると、数日置きに怒りが爆発するんです。すごく冷たく当たる時がある。でも悪い人じゃないから、すぐに反省して、次はべたべたと優しくなる。ほっとしていると、また急に冷淡になる。そのくり返しでした。いつ不機嫌になるかわからないから、私はいつもびくびくして怖くて怖くてたまらなくなって」

　夫に少し話してみたけれど、うまく理解できないようだった。彼にとって母親はずっと、優しく、賢い理想の女性だったから。義母が祥子の実家のことを「田舎の貧しい家の娘だから気が利かない」と怒鳴《どな》ったことを訴えてみても、とても理解も信用もできないようだった。

「それに、私たちの雰囲気から、熱烈に愛し合って結婚したのではない、というのがなんとなく伝わるのでしょう。息子が嫁に愛されていない、というのも、彼女の怒りや不安の原因のようでした」

「少し、わかる気がするわ。息子の母親ですもの」

ちゃんとしている。元子はなんでもわかっているのかもしれない。

「でも、本当に問題だったのは、お義母さんのことじゃありません。根本はやっぱり、私たち夫婦の関係です。そういうもろもろの問題を話し合ってぶつかり合って解決していくような力がなかった。そこまで相手を必要としていなかったし、関係を築いていなかった」

　そこまで話した時に、東京ドームが見えてきた。祥子は口をつぐんだ。

「どうして、お子さんを置いてきたの？」

「それはまた、次の機会に。また、呼んでもらえたら話します」

「まあ」

元子は初めて大きな声で笑った。

「商売上手ねえ」

元子が買った園芸用品はそう重くなかったが、嵩《かさ》があった。祥子は両手にいっぱい荷物を持って、元子と一緒にエレベーターに乗った。荷物は玄関に置いた。部屋に着くと、元子はコートを脱いですぐ、祥子の手をつかんだ。

「いいわ、見せてあげる」

そして、そのまま、元子の部屋の前に立った。

「息子には内緒よ」

彼女がドアを開けた。祥子は「ああ」と小さく叫び声をあげた。

蘭《らん》、だった。

深紅《しんく》、白、ピンク、黄、オレンジ……色とりどりの胡蝶蘭《こちょう》が部屋の中にぎっしりと置かれていた。元子のベッドの周りは、まるで冠婚葬祭のように、蘭で埋め尽くされていた。

淡い、甘く青臭い匂いが、部屋に充満していた。

「これ、どうして」

元子は美しいピンクの大きな鉢を一つ取ると、「あげる」と言って、祥子に差し出した。

祥子はゆずの香りのするイカをつまみながら、店員が店の片隅に置いてくれた蘭の鉢を振り返った。

「こんな高価なもの、いただけません」

あの時、後退るように遠慮したのに、元子はぐいぐい押しつけてきて、断れなかった。

「高くないの。これ、皆、ゴミだったんだから」

きっかけは、息子の会社で何かのお祝いにもらった胡蝶蘭だったらしい。

「皆、育て方を知らないのね。息子も花が落ちると、ゴミにして捨てようとするから」

しかし、元子の説明によれば、胡蝶蘭はたいてい、化粧鉢やプラスチック鉢に詰め込まれたように植えられていて根詰まりしているから枯れたように見えるだけらしい。鉢から取り出して、くたびれた水苔を取り除き、腐った根を切り、再び新しい水苔とともに蘭用の薄い素焼きの鉢に植え替えれば、ちゃんと年を越す。

「さっき買ったのは蘭用の鉢なのね。豪華な陶器の化粧鉢より、安い素焼きの鉢が蘭には一番いいの」

元子の実家は埼玉県の花農家の近所だった。昔、元子はそこで栽培方法を教えてもらったことがあったそうだ。

こちらに引っ越してから近所を散歩するたびに、開店祝いやクラブの女性へのプレゼントに贈られ、ろくに水ももらえないまま、打ち捨てられている蘭を見つけた。

「花屋でも花の盛りを過ぎると捨てられちゃうでしょ。そんなのを拾って育てていたら、こんなになってしまって」

「どうして息子さんに内緒なんですか」

「あの子はなんでもすぐ捨てるし、ゴミを拾ってくるなって怒るから」

満開の蘭の中で、元子は微笑んだ。

――あれを持って帰って育てないといけないのか……。

もう一度、振り返ると、やっぱり胡蝶蘭はそこにいた。豪華な姿に、百円の鉢をまとって。

――ああ、面倒だなあ。

ため息をついたとたん、鉢を担《かつ》いで部屋に帰らなければならない自分を思い浮かべ、身体の中からこみ上げるものを感じた。くくく、と声を上げて笑ってしまう。

「なんですか」

呼ばれたと思ったのか、寿司職人がこちらを振り返った。

「ごめんなさい。あなたじゃないの。でも、じゃあ……ホタテ、握ってください」

彼が去ったあとも、笑いは止まらなくて、祥子は周囲に奇異に見られていることを知りながら、いつまでも身体を震わせた。

第四酒　中野　焼き魚定食

混雑した中野駅北口、雇い主で同級生の亀山太一は「おう」というように顎《あご》を上げて祥子に合図し、歩き出した。

そんなそっけない待ち合わせには慣れているので、祥子も黙ってついて行く。

「来月も予約入った」

振り返りもせずに彼は言った。

「どこ」

「ほら、御茶ノ水の、ばあさんの」

「ああ、雑誌の編集長のところですか」

うまくやったらしいじゃないか。やっと亀山が少し振り返って微笑んだ。

「これからランチ食べる店はもう決まっているの?」

「ああ」

「そこ、お酒は飲める?」

亀山は答えない。

「飲めるところがいいんだけど」

「やめとけや。昼から」

「これから帰って寝るから、夜みたいなもんでしょ」

北口からつながる、アーケードのサンモール商店街の中を突っ切っていく。

「何食べるの？」

「焼き魚にするか」

「またあ」

亀山は魚が好きだ。なかでも、うまい焼き魚に目がない。

「じゃあ、あそこ？」

祥子がすぐに思い浮かんだのは、夜は居酒屋にもなる炉端《ろばた》焼き屋で、店の中央に大きな焼き場がある。昼も夜も何度か連れて行かれた。いつも混んでいて、ランチでも昼前には列ができるほどだから、「必ず、十一時過ぎには来いよ」とやたらと念を押していたのもうなずける。

「ああ」

またあの店か、という言葉はひっこめた。

亀山と祥子は小学校時代からの同級生だった。亀山の家は道東の、代々政治家の家で、祖父は大臣経験者だったし、親戚にもたくさん市会議員やら道会議員やらがいる。

亀山の父親は政治を嫌って東京で事業を興したが、会社に入り浸って家庭を顧《かえり》みなかった。そんな夫に不満が募り、結婚前は帯広の繁華街に勤めていた母は、亀山が小学生の時に地元でスナックを開いた。亀山家は裕福で、使用人やら事務所関係者やらがたくさんいた。それでも亀山自身の面倒を親身に見てくれる人はいなかった。

祥子も子供の頃、他の友達と連れだって、何度か彼の家に行ったことがある。事務所だか会社だかと同じ敷地にある家は豪邸と言っていいほどで、部屋はおもちゃや調度品であふれていた。

そんな豪華な家なのに、亀山の布団《ふとん》にはカバーがかけられておらず、むき出しのまま使っていた。子供に誰もちゃんと向き合っていない家のわびしさを感じた。

亀山と再会したあと、酔った時に聞いたことだが、彼は子供時代、家で焼き魚を食べたことが一度もなかったそうだ。通いのお手伝いの女性はキッチンの掃除が面倒だから、と魚を焼いてはくれなかった。彼は、焼き魚というものは外で食べるものだと思いこんでいた。

「北海道に住んでるのに、ほっけ食べたの、東京に来てからだよ。ほら、おれ、いいとこの子じゃん。お手伝いさんが焼いてくれなくてさ」

酔うと必ず出てくる口癖だ。彼はつかみのギャグだと思っているようだが、笑えない。

しかし、ふざけているようで、焼き魚が好きなのは本当だと知っているから、祥子は反対しなかった。

「まだ、誰も並んでないじゃん」

十一時十二、三分に店に着くと、店の前はがらんとしていた。ランチの魚の種類が書かれた大きな看板だけが置いてある。

「うるさい。これからすぐ混むんだから」

「ここ、おいしいけど、ゆっくり飲めないからなあ」

「話はご飯食べてからすればいいだろ」

「ビールと日本酒とどちらにしようかな」

看板の最後にビールと酒の文字があり、思わずつぶやいてしまう。

「大声出すなよ。飲ん兵衛が」

「大声なんて出してないって。仕事のあとぐらい飲ませてよ」

今日は新宿の雑居ビルに住む、老夫婦のところに行ってきた。ビルは夫婦の持ち物で、最上階に住んでいる。

一階はコンビニ、二階が不動産屋、三階から五階がオフィス、六階が夫婦の住居で、老《ろう》朽化《きゅう》したエレベーターや階段を見るととても裕福には見えないが、実はとんでもない資産家らしい。他にもビルやマンションを多数持っていて、もっと上等なマンションに住める財産はもちろんある。けれど、彼らはこの、自分たちが四十年以上前に最初に買ったビルが気に入っている。

「他の場所はさびしいし、コンビニが好きだから」

新宿二丁目のど真ん中にあるビルで、夫は笑った。

「ここに比べたら、どこもさびしいです」

「違いない」

子供のない夫婦は、亀山と祥子を交代に時々呼ぶ。そして、何をするでもなく、おしゃべりしたり、眠ったりする。

もともとは亀山を指名していたのだが、「こいつもご贔屓《ひいき》に」と彼が紹介したところ、祥子も呼んでくれるようになった。

昨夜は居間でテレビをつけ、ソファに座った二人は代わる代わるうたた寝し、時折、横にいる祥子に話しかけた。

「私、船を漕《こ》いでいるわねえ」

前に呼ばれた時、片目を開けた老婦人が言った。

「船？」

「ゆっくりと船に乗って、たゆたっているような夜ね」

「船にはほとんど乗ったことがないので」

「北海道出身なのに？　私はたくさん乗ったわ。小さな漁船にも、大きな大きな豪華客船にも」

「豪華客船。いつですか」

「おばあさんの時」

彼らが八十を過ぎているのを知っている祥子は黙っていた。

「おばあさんになったばかりの頃よ。ずいぶん前」

祥子は立ち上がって、ずり落ちそうになっている薄い毛布を、彼女の首もとにかけ直した。

「若い時はねえ、老人になったらずっと同じだと思っていたけど、老人にもいろいろあるのねえ。若い老人、少し若い老人、ほんの少し老人、まったくの老人、中ぐらいの老人、かなりの老人、深い老人、どうしようもなく老人」

くくく、と彼女は笑った。

「若い人にはわからないわよねえ」

確かに、老後は一般的な退職時の六十歳から九十歳くらいまで三十年以上もある。生まれたばかりの子供が、いっぱしの社会人になり、親になるくらいの時間はあるのだ。

「わかるような気はしますよ」

「いいえ、あなたにわかりはしない」

そんなふうに断言されても、不思議と嫌な気はしなかった。

彼女の口調に、あきらめと賛辞がにじんでいたから。

「ほら、並んできただろう」

亀山の声に我に返って振り返ると、まだ、開店十五分前だというのに、確かに五、六人の列ができている。

――何食べようかなあ。

気を取り直して、看板を見る。

あこうだい

かじきまぐろ

カレイ

さば

ぶり

ほっけ
しゃけ
沖めだい
ご飯、味噌汁、お新香《しんこ》、食べ放題！

――見ているだけで、楽しい看板だった。

「……鯖、にするかな」

「やめろや、鯖なんてどこでも食べられる」

亀山は顔をしかめた。

「ほっといて。前はあこうだいにしてすごくおいしかったけど、全部の種類、試してみるの。それに脂っこい魚をご飯と一緒に食べて、お酒飲むのって最高だし」

「でも、鯖は自分の家で食べられるだろう。スーパーで売っている。ここは炭火で焼くんだぞ」

まだぶつぶつ言う。

「じゃあ、あんたは何食べるの」

うーん、と亀山は腕を組んで悩む。

「ほっけかな」

「あんたこそ、ほっけしか食べないじゃん」

「お待たせしました！　どうぞ！」

にぎやかないい声で、中年女性が戸を開けてくれた。腕時計を見ると、まだ、ランチが始まる十一時半まで十分以上ある。

入り口で食券を買った。社長らしく、亀山がおごってくれるらしい。二人は一階の炉がよく見える席に案内してもらった。

注文を取りに来た、若い板前に食券を渡した。

「お新香、ご自由にどうぞ」

カウンターの中には他にも若い男たちがたくさん立っていて、客をさばいていた。

焼き場の火、きびきびと働く男、取り放題のお新香、何もかもが、食欲をそそる。

今日のお新香は、赤かぶとキャベツだった。小鉢に山盛りに盛りつけて、祥子はまず、それだけでビールを飲む。亀山に勧めたが、手を振って断られた。

「飲まないの？」

「今日はこれから事務所に行かないといけないから」

彼が、ただ事務所と言う時は、亀山の祖父の東京事務所の方だ。永《なが》田町《たちょう》にあって、その隣のビルに父親の会社が入っている。

「そうか」

亀山が「事務所」と言う時の口調がちょっと気になる。平静さを装《よそお》ってはいるが、どこか緊張が漂《ただよ》う。いつも。

ご飯と味噌汁が届く。祥子はすぐに箸を取り、お新香とともに白飯を口に入れた。

「おいしいねえ」

「お前、そうやって、飯も酒も好き放題食べたり飲んだりしていたら、太るぞ」

「やばいかなー」

「ジムに来ればいいのに。最近はレディースボクササイズ、とか言って、女子クラスもあるからさ」

亀山はもう何年も、高円寺にあるボクシングジムに通っている。

「まあ、そのうちにね」

正直言って、太るとか瘦《や》せるとか、どちらにも興味はなかった。一人になってから、自分の容姿はまったく気にならなくなった。部屋に体重計もない。ただ、話を合わせているだけだ。

「お待たせしました」

焼きたての魚がそろって運ばれてきた。

「きた、きた」

祥子の体重のことなどもう忘れたかのように、亀山も箸を取った。

てらてらと光る、鯖の半身。ふっくらと焼き上がっているのが、見ただけでわかる。添えられた大根下ろしに醬油をかけて、祥子も箸を取った。

「やっぱり、おいしいなあ」

鯖とご飯を口に含んで、思わず声が出てしまう。焼き魚はなんでもうまいが、炭火で焼き上げたこの店のは別格だ。

二口目は大きくむしった身で、ビールを飲んだ。こちらもいい。

――いつもの、いってみるか。

脂っこい鯖とご飯を一緒に食べる。そして、ビールを飲む。

――やっぱり、合う！　ご飯とビール、合う。

次に来たときは、日本酒にしよう、と思いながら、赤かぶをかじり、またビールを飲んだ。

「……来週、大阪に行ってくれないか。泊まりで」

ご飯を頰張ったところで、亀山が言った。

「おおはか？」

もぐもぐさせながら、答えてしまった。慌てて飲み込む。

「そう」

「いいけど。見守り?」

「いや、事務所の仕事で」

まただ。事務所、の響きにひっかかる。

「いいけど、何するの?」

「書類を持って行ってほしい。向こうの別の代議士事務所に」

「うん」

「で、一晩泊まって、翌日、向こうがまた別の書類を渡すから、それを持って帰ってきてほしい」

「ふーん」

「書類を運ぶだけの簡単なお仕事です」

亀山はアルバイト情報誌の広告のように、おどけて言った。

「書類を持っている時に寄り道されちゃかなわないが、待っている間は好きなところに行っていい。気楽に大阪見物するつもりでいいから」

「いいけど、どうしてあんたが行かないの?」

「おれや事務所の人間が動くと目立つから。関係ない人間で、でも、信用できるやつじゃないと」

「ふーん、わかった」

「ありがとう。本当に、気楽に遊びに行くつもりで行ってくればいいから。もちろん、日当ははずむ」

「そんなの、いつもと同じでいいよ」

「来週、連絡する」

しばらく、黙って食べた。開店から十分しか経《た》っていないのに、席はほぼ埋まって、外には長い行列ができている。

「……なんで、そんなに飲むんだ」

白飯と魚は食べ終えてしまって、ビールだけを手酌で飲んでいる祥子に、亀山が尋ねた。彼はご飯を三杯お代わりし、大きなほっけとお新香を楽しんでいる。

「なんでだろうね」

「子供とは会ってるのか」

祥子は瓶に残ったビールを残り一滴までグラスに注ぐ。

「先月は会ったけど、今月は会えない」

「そうか」

祥子は黙って、ビールをすする。

それ以上、何も聞かないのが、亀山のいいところだ。

祥子が離婚して、旧友の幸江のところに行った時、久しぶりに再会したのが亀山だった。

離婚のすぐ後で、娘の明里と別れたばかり、精神的にかなり参っていた時期だった。まだ、家も仕事も探せていなかった。

「お前、おれのところに来るか」

ちょうど、夜の見守り屋が軌道に乗った頃で、彼は女性の見守り人を探していた。

「おとなしそうで、でも、一目でちゃんとした人間だとわかる容姿がいいんだ。実際、ちゃんとしてなきゃ困るんだが」

女性を希望する依頼は多く、自分一人ではこなしきれない、と彼が思い始めていた矢先だった。亀山家がバブル時代に投資目的で買ったワンルームマンションを格安で貸してくれることも決まった。二人がいなかったら、とても一人でやり直せなかった。

「亀山と幸江、中学の時、付き合ってたんでしょ」

「え」

彼ら二人、お互いが初めての相手だった。

「なんで知ってる」

「皆、知ってるよ。知らぬは二人ばかりなり」

亀山たちは話したがらないが、そういう関係の男女が今もうまくやっているのはいいことだと祥子は思っていた。

「誰にも言うなよ」

「だから、皆、知ってるって」

あの街で高校卒業後すぐ東京に出てきたのは二人だけだった。彼らは助け合わなければ生きていけなかった、らしい。「でも、もうそういう関係は一切ないけどね」と幸江はきっぱり言っていた。

――自分も、幸江たちにお世話にならなかったら、ここまでやってこられなかった。

短大卒業後、地元には就職先がなくて東京に出てきた祥子は、幸江に東京のことを一から教えてもらった。

けれど、結婚してから離婚するまでの短い期間、しばらく疎遠な時期があった。身の上の報告はしていたものの、元夫と住んでいた二世帯住宅と幸江の家は東京の西側と東側とで離れていたのと、自分のことに必死だったからだ。

それでも、幸江はどこにも行く当てのない祥子をすぐに受け入れてくれた。

「皆、そうなのよ。うちらに連絡が来ないっていうのが、元気な証拠だから」

幸江も亀山も人望があり、東京でできた人間関係も広いから、さびしく感じるようなことはないはずだった。けれど、故郷の友人たちの一時避難所のように扱われるのをどう考えているのか、聞いたことはなかった。

皆、困ると二人を頼り、また去っていく、そんな関係。

「おれは会社に戻るけど、お前どうする？」

「家に帰って寝るわ」

会社といっても、中野駅の南口側の雑居ビルの一角で、そのすぐ近くに彼の自宅もある。

「じゃあ、書類のことなんか、決まったら連絡するから。来週は空けとけよ」

——次は、黙ってここを去ったりしない。必ず、二人に恩を返さなければ。

中野駅前で、祥子がそんな重たいものを背負っているとは思いもしていないであろう、軽快な後ろ姿で、彼は手を振って去って行った。

第五酒　阿倍野　刺身定食

待ち合わせは新横浜駅《しんよこはま》だった。前日の電話で、九時に改札口前のスターバックスを指定されていた。店に入ると、それらしい若い男がこちらに向かって手を振っていた。

「犬森祥子さんですか」

約束の荷物を持ってきたのは、亀山事務所の角刈り頭の秘書だった。真面目《まじめ》そうに見せたくても襟元《えりもと》やボタンの形がサラリーマンとは微妙に違っていて、どうしても水くささが漂ってしまう、そんなスーツを着ていた。

前に座ると、高級瓶詰で有名な金沢《かなざわ》の会社の、特徴のある紙袋を差し出した。

「これを先方様に渡してください」

「確かにお預かりしました」

先方様という言葉はなんだか面《おも》はゆい、と思いながら、上目遣いにずっしりと重い紙袋を受け取った。中身が瓶詰でないことは見なくてもわかった。

「新大阪《しんおおさか》で降りたら、その足で地下鉄御堂筋《みどうすじ》線に乗って天王寺《てんのうじ》まで行ってください。天王寺の同じ店で」

彼はスタバの看板を指さした。

「先方様が待っていますから、お渡しして」

「了解です」

「新横浜まで来てもらってすみませんね」

「あなたも、北海道の人？」

「ええ」

「道東？」

「おやじは、×××やっています」

「ああ」

×××は道東で有数の建築会社だった。祥子が理解したとわかると、彼はにっと笑った。急に顔が子供っぽくなる。まだ二十そこそこかもしれない。

「亀山事務所で勉強させてもらっています。犬森さんは坊《ぼん》のお友達だそうで」

「ええ」

話はそれ以上はずまなかった。

「じゃあ、私、そろそろ」

「くれぐれもお気をつけください」

それが、ただのお別れの挨拶なのか、他の意味を含んでいるのか、理解できないまま、うなずいた。

中野坂上の自宅から横浜まで来るのは面倒だったが、新横浜から新幹線に乗れるのは嬉しかった。

——崎陽軒《きようけん》！　崎陽軒！

テーマソングを歌いたくなるほど、それが好きなのだ。

——シウマイ弁当でビールもいいが、そうすると大阪に着いてから、ご飯がおいしく食べられないかもしれない。

祥子は売店のショーウィンドーをじっと見つめる。

——本当に一番好きなのは鯛《たい》めしなんだが。

鯛めし弁当は薄茶色く炊《た》かれた飯に甘すぎない鯛デンブがたっぷりのせられている。崎陽軒の隠れた名品だ。

——けれど、鯛めしなんて食べてしまったら、本当に大阪で何も入らない。

昨夜、阿倍野《あべの》で荷物の引き渡しをする、と亀山に教えられてから、グルメサイトでランチの店はチェック済みである。

「シウマイ六個入りと、ビールください。一番搾《いちばんしぼ》りで」

小さいレジ袋の、ずっしりとした重みが嬉しい。

亀山が用意してくれたのは、二人掛けの窓際である。

――こちらなら富士山が見られるからな。変なところに気がつくんだから。

冷たくなってもおいしいと言われるシウマイに一つずつ丁寧《ていねい》に辛子《からし》をのせる。

――朝酒にはこのかわいい六個入りがいいね。税込みで三百円の値段も最高。

半分かじって、ビールを一口。

――おいしいー！　やっぱりビールと合う。というか、ビールと新幹線が合うというか。

ぷんと豚肉の香りがするシウマイをビールがさわやかに流し込んでくれる。

――少しあくの強いくらいのものの方が、酒には合うのだな。

かわいらしい陶器の容器から注意深く、醬油をたらした。

――醬油をつけると、また別の味わいだなあ。塩分で味が締《し》まるというか。これまたビールに合う。

富士には月見草がよく似合う……と言ったのは太宰《だざい》だったか。ならば、新幹線にはビールがよく似合う、と謳《うた》ってもいいのではないか。

――新幹線で、日本酒を飲んでもいいし、最近はハイボールなんかも売っているけど、やっぱり、新幹線にはビール。

シウマイ六個でビールを飲み干して、祥子は新大阪までぐっすり寝てしまった。

すぐにわからなかったら困るな、と心配していたら、新幹線の改札を出たところでスマートフォンが鳴った。

「角谷《かどや》です」

名前だけ聞いている、受け取りの男だった。

「今いる場所からまっすぐ歩いてください。右方面に……」

御堂筋線の乗り場をてきぱきと指示してくれる。

天王寺のスターバックスはMIO《ミオ》というファッションビルの中にあるらしい。

——こっちが新幹線を降りて、電話を取れる時間を見計らってかけてきたのだろうか。なかなか気がつく人だ。

妙なところに感心しながら、地下鉄に乗った。

平日のMIOは客足もまばらだった。

——こういう、人がいない平日の駅ビルって好きなんだよなあ。

スターバックスで待っていた角谷は、亀山事務所の秘書よりおもしろみのない背広を着た、生真面目そうな細身の男だった。

「ご苦労様です」

祥子が差し出した紙袋を受け取ると、ちらりと中を見て言った。

「いいえ」

「今夜は阿倍野にお泊まりですか」

「阿倍野のホテルです」

よろしい、というように彼はうなずいた。

「明日のことはまた連絡します。明日の新幹線の時間は決まっていますか?」

「いいえ、角谷さんから書類を受け取ってから、切符を買うように言われています」

ますますよろしい、というように角谷はまたうなずいた。

その後、一瞬、顔を見合わせた。ほんの一秒ぐらい、見つめ合ってしまった。角谷がはっと息をつく。

「では、失礼します」

お互いに座ったままお辞儀して、別れた。

——終わったー!

特にむずかしい仕事でもないのに、スターバックスを出たところで、わあっと声を出したくなるぐらい、気が楽になった。明日また書類を受け取って運ばないといけないわけだが、祥子は自分が思っている以上に緊張していたのかもしれない。

――さあ、行くぞ。

ランチの場所はもう目星をつけてある。腕時計を見ると、一時を過ぎている。まだ混んでいる時間かもしれないが、仕方ない。腹が空ききっている。

天王寺駅から大阪市営地下鉄の阿倍野駅方面に歩いていく。

――ほとんど隣に駅があるんだ。まるで東京駅と有楽町《ゆうらくちょう》駅の関係みたい。いや、梅田《うめだ》駅と大阪駅の方がそれに近いか……。

めずらしい大阪の町並みにきょろきょろしてしまう。有名なあべのハルカス、あべのキューズモールと新しいビルが続く。ハルカスの奥にも別のビルが建っている。

――この辺り、ずいぶん、ひらけているんだなあ。

スマホの地図アプリを見ながら、辻《つじ》調理師専門学校方面に進んだ。

ネットの情報で探した、太刀魚《たちうお》の蒲焼《かばや》きの店に行くつもりだった。日本で唯一の太刀魚専門店らしい。

――太刀魚って、ちゃんと食べたことないからなあ。

「ああああーーー」

店の前まで行って、思わず声がもれてしまった。

お目当ての店には長い行列ができていた。時にはテレビで紹介されることもある人気店らしい。けれど、これほど混んでいるとは。

しゃがみ込んでしまいたくなるほど、気落ちしてしまう。

店に客を呼び込むために出てきた老女に、どのぐらいで入店できるか聞いてみた。彼女は、ひいふうみい、と行列の人数を数える。

「ごめんなさい、今日のランチはもう終わっちゃったわ」

「え。太刀魚のお重がですか？」

「そうなの。ランチで用意している数は限られててね。ごめんなさいねえ」

まさか、並ぶどころか食べられないとは。

——ううううう。仕方ない、可能なら明日来よう。

今来た道をよろよろと戻る。

——どうしよう。

一度、太刀魚、と思ったお腹は魚を求めている。

スマホを出して、検索してみた。

阿倍野、魚、ランチ。

その中に目を引くものがあった。魚屋が経営する居酒屋、昼から居酒屋としても利用できる、と書いてある。

——これはいい、魚で酒も飲めそうだ。

また、阿倍野駅の近くまで戻ってきた。ルシアスというビルの地下に入る。小さな居酒屋やラーメン、カレーなどの店がひしめいている。

昼から飲めます、と堂々と看板を下げている店もあった。

——いい地下街だ！　すばらしい街だ。

目当ての店は、その端っこにあった。外にコピー用紙に書かれたメニュー表が貼ってある。刺身定食、まぜ海鮮丼、エビフライ定食などが七百八十円からあった。それを見ていると、中から若い女性に声をかけられた。

「おひとりですか？　カウンターにどうぞ」

すでに一時半を過ぎているのに、まだ、ぎっしりと客で埋まっている。ちょうど、一つ席が空いていてすぐ入れたのは幸運だった。

「刺身定食、とりあえずお願いします」

飲み物はビールからサワー、日本酒まで、すべて三百八十円である。

日本酒のメニューがすばらしい。呉春《ごしゅん》、黒龍《こくりゅう》、飛露喜《ひろき》、上喜元《じょうきげん》、獺祭《だっさい》……さまざまな地酒がずらりと並んでいる。

──獺祭いきたいところだけど、ここはせっかくだから、関西のお酒を飲みたいな。

「すみません、呉春、お願いします」

注文を一通りすませて、あたりを見回す。カウンターは背広姿のサラリーマンが多いが、その間をぬって、定食でなくおつまみを頼んで酒を飲んでいる二人組がいる。

──本当に、昼から飲めるんだ。

中には、祥子と同じように昼間から、ビールと定食をやっている中年女性も。奥のテーブル席には早々に宴会を始めているグループ客が見える。

──皆、自由だなあ。大阪らしい。

「お待たせしました」

がちゃん、と目の前に置かれた定食のトレーに、「ほおおお」と声を上げそうになった。

大きな皿に刺身が四種、それとは別に紅葉《もみじ》おろしとポン酢が添えられた白身の刺身、煮魚、野菜と魚の天ぷら、白菜の漬け物、お汁、そしてご飯。トレーに入らず、はみ出すほどの品数だ。

「こちらもお待たせ」

升《ます》入りの冷えたグラスも届いて、とくとくと一升瓶《いっしょうびん》から注がれる。グラスのみならず、下の升からもあふれそうなほど、たっぷりと。

——何から何まで、最高、最高。

一口すれば、さわやかで、でも奥にしっかりしたものを持っている酒だった。これは刺身に合いそうである。

——ひゃー、定食はどこから手をつけたらいいのかな。食べきれるかしら。

やっぱり刺身かな、と眺める。刺身の丸皿には、かんぱち、アジ、白身、甘エビというラインナップ。

——まずは白身から。

かわはぎか何かだろうか、こりこりとした味わいの白身だった。そこに呉春を一口。紅葉おろしポン酢がけの白身の方は少しあぶってある。

——これ、また、なかなか脂がのっていてうまい。

さらに呉春を口に含む。

——ああ、近所にあったら、毎日でも通いたい店だなあ。

つまみメニューを手にとって、チェックしてみた。

刺身が安く、充実しているのはもちろんだが、だし巻き卵二百八十円、かま焼き三百八十円などに混ざって、ふぐ白子、とらふぐ唐揚げなどに目が引かれる。

——ふぐ？　なんか、ふぐがカジュアル。関西の居酒屋は、東京とはかなり違うらしい。

「だし巻き、お待たせしました！」

隣の隣の二人組に、だし巻きが運ばれて、目を見張ってしまう。

——でかっ。あれで二百八十円か！　まじか。リカちゃん人形の布団ぐらいあるよ。今夜もここで飲みたいなあ。さすがに一人じゃ入りにくいだろうか。

さて、自分の定食に戻る。煮魚はあらを使っていたけれど、身がたっぷり残っていて、濃い茶色に煮しめられている。

——美味しいなあ。これはご飯で。

甘い甘い魚を口に含んで、ご飯を一口。いくらでも白飯が食べられてしまう味付けだった。

天ぷらにはちゃんと天つゆと大根おろしが付いている。何かわからない白身の魚、かぼちゃなど。決して、専門店のようにからりと揚がっているわけではないが、これはこれで十分満足だ。

しばらく、刺身と飯、刺身と酒、天ぷらと酒、などを交互に楽しんだ。

——忘れてた、白菜、白菜。

まったく期待していなかったのだが、白菜の漬け物は驚くほどおいしかった。塩味も酸味も絶妙だ。これで、また、酒が進んでしまう。

「すみません！　飛露喜ください」

「はあい！」

きれいな女の子がきびきびと一升瓶を持ってきてくれる。

新しい、冷えたグラスと升。それ以上に心が弾《はず》む風景ってあるだろうか。

——ないねえ、少なくとも今の私にはない。

また、こぼれんばかりに注がれた日本酒。口にすれば、きりりと涼しい。

——この酒、東京なら、二倍、三倍の値段を取られるんじゃないだろうか。

カウンター席は入れ替わりが激しい。大口を開けて、エビフライとご飯をかきこみ、さっさと席を立つサラリーマンやＯＬが多いのに、それに交じって、酒を飲む人にも優しい感じ。

中には、同じ会社の上司と部下とわかる、三十代のサラリーマンと二十代のスーツ女性がビールで乾杯しているのが見えた。決して、あやしい雰囲気などではない。

——仕事で何か成功して、そのお祝いだろうか。

楽しい。

祥子は東京で昼から酒を飲むのも大好きだ。でも、多少、時間をずらしたり、混んできたら席を空けたり、気遣いが必要だと思っている。だけど、ここ阿倍野は昼から飲むのが当たり前の雰囲気でとにかく楽なのだ。

スマホが震えた。

画面を見て、一瞬、真顔になる。先ほど、書類を渡したばかりの、大阪の事務所の角谷だった。

「先ほどは失礼しました」

「あ、お疲れ様です」

慌てて、彼が目の前にいるかのようにお辞儀をする。

「お預かりした書類、確かに確認いたしました。ありがとうございました」

「あ、よかったです」

ＯＬ時代なら、もう少しちゃんとしている返事ができたと思うのだが、ぷらぷらとした現在の状況では自分でも間が抜けているとわかる言葉しか出てこない。

「明日、午後にでも、返信用の書類をそろえまして、お渡しできると思います」

「はい、ありがとうございます」

「で、ですね」

「はあ」

電話の向こう側に小さな逡巡《しゅんじゅん》があった。

「犬森さん、今夜のご予定はどうなっていますか」

「どうなっている？　と申されますと？」

ミスター・平凡リーマンの意図がわからなくて、そのまま問い返してしまう。

「いえ、あの、よろしければ、お礼に一献《いっこん》差し上げたくて」

「え」

「平たく言うと、ご飯でも食べませんか」

「あ」

こちらの反応を探ってから内容を変えたりしない、ちゃんとした人なのだと思った。そんな角谷の態度には好感を持ったものの、どう返事をしたらいいのかわからない。

「いや、亀山さんから、犬森さんがイケる口だとうかがっていまして。最近、難波《なんば》のあたり、『裏難波』なんて言って、ちょっと人気のエリアなんですわ。よろしければ、ご案内します。もちろん、犬森さんがいらっしゃりたいところがあれば、そこでもええですし」

ふっと彼の口調が関西弁になる。それも嫌な感じではなかった。

祥子はあたりを見回した。

――ここに夜も来てみたい。一人じゃちょっと気後《きおく》れするな、とさっき思ったっけ。

目の前の老年カップルが、ちん、と燗酒《かんざけ》のちょこを合わせている。二人は夫婦ではないように見えた。夫婦なら、あの歳でじっとお互いの目の中を見つめ合ったりしない。彼らの前には二百八十円のポテトサラダが一皿だけ。さっきから見ていても、それ以外の肴《さかな》はない。ただ、飲み続けている。

なんて、自由なんだろう。そして、なんて、自然なんだろう。

「やめときますわ」

自分もまた、彼のイントネーションが移っているような気がした。

「実は、こちらに学生時代の友達がいまして」

見え見えの断り文句かもしれない、と思いながら口が勝手に動いていた。

「そうですか」

彼はあっさりと引き下がった。

「もし、飲み相手がほしければ、遠慮なくご連絡ください」

「ありがとうございます」

「では、明日。失礼します」

静かに電話は切れた。

目の前にまだ、一人前の定食と升酒が並んでいる。

これが私の今のスタイル。今の一番。
断ってしまったけど、胸の中にわずかな温かみが残っている。
祥子は酒をあおりながら、日本酒のメニュー表を取り上げた。

第六酒

御茶ノ水　牛タン

目の前にあるのは、牛タンだ。

こんがり焼かれて、つやつやと光っている。

その横の小椀《こわん》にとろろ、小皿に辛味噌と刻んだ野沢菜、透き通って長ネギのいっぱい入ったスープ、そして、どんぶりの麦飯。

祥子は箸で、タンを一切れ取り上げる。肉厚で軟らかく、でもこりこりとした歯触り。

左手に丼を持って、麦飯を口いっぱい頬張る。牛タンと麦飯は最高の相性だ。いったい誰が考えたのだろう。辛味噌をほんの少し箸でつまむ。これは注意深く。前にたっぷり口に含んで、大失敗したことがある。けれど、ほんの少しなら、これほど麦飯に合うものはない。

乾いた割り箸に米粒がついて、スープを飲んでいないことに気がついた。普段は汁物に先に口をつけて、箸を潤《うるお》すからだ。牛骨《ぎゅうこつ》とタンでダシを取った優しい汁。底に小さな肉の塊《かたまり》が転がっているのはネギをかき分けなくてもわかっている。半分ほどかじる。焼いたタンとはまた違ううまさ。

祥子はここでやっとビールのジョッキを取り上げて、ごくごくと飲んだ。半分ほど一気に流し込んでしまう。

そして、はーーっと大きなため息をついた。今日のような日は、何も考えずにただただうまいものを身体の中に詰め込みたかった。それに、この牛タン屋はぴったりだった。

「これ、よかったら」

ぶっきらぼうに差し出してしまったのは、これまで、雇い主にプレゼントなど持ってきたことなど一度もなかったからだ。

「あら、ありがとう」

小山内元子も驚いたように受け取った。

「こんな初歩的なこと、もうご存じでしょうけれど。もし、不要でしたら、捨ててください」

「いいえ、嬉しいわ」

『趣味の園芸』の蘭の特集だった。「すごい、ラン。」と表紙に大書きされていて、一面、華やかな蘭の写真で飾られている。

「わざわざ探してくれたの？」

「いえ、本屋にあったんです。水のやり方とか、ちょっと調べてみようかと思って買いました」

「なんだか、申し訳ないわね。うちの財布からお金を持って行って」

「いえ、結構です。本当になんとなく買ってしまったので。でも、読んでみたらいろいろな蘭の種類や楽しみ方が載っていて、私よりもむしろ元子さんの方がふさわしいかもしれないと思って、持ってきました」

「ありがとう」

元子は老眼鏡をかけて、しげしげと雑誌に見入った。

祥子は嬉しくなって、彼女の近くの椅子に座った。

「まあ、おしゃれ」

彼女が指さした先を見ると、海で拾った流木に蘭を植え付けたり、ガラス容器の中で栽培するテラリウムという方法が載っている。

「こんな方法があるのねえ。種類もいろいろあるし」

「はい」

「私のは、胡蝶蘭とシンビジウムばかりだけど」

祥子は黙って、雑誌を読む元子を見ていた。

そうだ、あの時まではよい感じだったのだ。

祥子は牛タンを頬張りながら考える。

元子は蘭の写真を観て、はしゃいでいた。これまで何鉢も育てているが、昔、実家近くの花農家の人に教えてもらったおぼろげな記憶と自分の感覚だけの自己流で、ちゃんとした本を読むのは初めてだと言って。

「こういうものを読んでみようとは思わなかったんですか」

「ほとんどがただか、ただに近いような値段で買ったものでしょ。なんだか、お金をかけるのは違うような気がして。水のやりすぎにさえ気をつければ、意外に丈夫で簡単だって聞いていたしね」

「それだけで、こんなに立派に育てられるなんて、逆にすごいですね」

そこまで思い出した時、無意識にとろろを麦飯にかけようとしていた祥子はふっと手を止める。頭の半分を昨夜の記憶に占められているからといって、大切な牛タン定食をおろそかにしたらいけない。

一度、とろろの鉢をトレーに戻した。

とろろをいつかけるか、というのは長年の懸案だった。まずは牛タンと麦飯だけで食べる。そして、とろろを麦飯にかけてその味を楽しむ。最後に牛タンととろろ飯の三種混合に向かう。

まあ、これが通常の手順であるが、とろろの登場が早すぎても遅すぎても、後悔が残ってしまう。

とろろは麦飯の半分ほどにかけるようにして、汚れていない麦飯を残せば、あとから麦飯と牛タンのみを食べたくなった時に備えられる。とはいえ、目測《もくそく》を誤ると、軟らかな溶岩のようなとろろはあっという間に麦飯を覆《おお》ってしまうし、ちまちまかけていたら、大量に残ってしまったりする。

それに、とろろ飯のうまさというのは強烈なものがある。最近気がついたのだが、この「牛タン定食」の魅力の半分、いや半分以上は、実はとろろの力ではないだろうか。一度とろろ飯を口にしたら、もう後戻りできない。赤ワインを飲んだら、白ワインに戻れないように。

だからこそ、本当のところ、とろろをいつかけたらいいのか、今は早すぎないか、遅すぎないか、いつも深く迷う。

——まあ、麦飯はおかわり自由なんだけれど、だからといって、無限に食べられるわけでもないし。

祥子は注意深く、一口分のとろろを麦飯にかけて、それを口に入れた。顔がにやけてしまう。

——やっぱりおいしいなあ。

そこで思い出した。蘭の雑誌を見ていた元子が急にこんなことを言ったのだった。

「不思議ねえ。普通の草花は大きくて立派な鉢に、肥料いっぱいで植え替えれば、素直に大きくなるものなのよ。だけど、蘭は違う。大きすぎる鉢に植えてしまうとたちどころに根が腐ってしまうし、かといって、小さすぎてもだめ。肥料なんていらない。栄養のまったく含まれていない水苔の方がいいの……人間というのも、そういうものかもしれない」

「どういうことですか」

「傍《はた》から見れば、何不自由ない暮らしが、うまくいかないこともある」

元子は祥子の顔をじっと見た。

「お子さんには会っているの？」

「……一応、一ヶ月に一回は。先月は向こうに予定があって会えなくて、今月はまだ会っていませんが」

この質問はある程度、想定されたものだった。前に会った時、次回は子供のことを話す

いたような気がした。

「どうして、あなたの方が引き取らなかったの。話したくなければいいけど……」

個人的なことを聞かれるなんて面倒くさい、と思いながら、どこかでその質問を待っていたような気がした。

祥子は遠くに目をやった。とはいえ、その部屋は十二畳ほどで壁際の本棚が目に入っただけだった。本棚にはびっしりと、さまざまな食に関する専門書が置いてあった。元子の息子である、月刊誌の編集長、小山内学の本かもしれない。

落ち着いたいい部屋だった。本棚の前には座りやすそうな、一人用の黒革のソファが置いてある。あそこで学は本を読むのかもしれない。

「私には育てられないと思って」

「あなたはいいお母さんにもなれる人に見えるけど」

「経済的にも」

「旦那さんは養育費を出してくれないような人なの？」

「いえ」

養育費。たぶん、それを頼めば、元夫の義徳はちゃんと考えてくれただろう。実家の二世帯住宅のローンも抱えているから、決して楽ではないだろうが、それでも彼は精一杯の犠牲は払ってくれたはずだ。

　そして、そういう人だからこそ、娘はそちらにいる方がいいと思えた。

「お義母さんは私にはきつい人でしたが、夫にはよい母親でしたし、娘を心から愛し、かわいがってくれているのはわかっていました。あの家には義母だけでなく、義父もいて、皆、あの子が好きでした。家族に囲まれて育つ方がいいと思ったんです。私と二人、小さなアパートで、孤独な時間を過ごすより。私が働かないわけにはいかないし、それではどうしてもあの子一人だけの時間ができてしまいますから」

　二世帯住宅にはちゃんと彼女用の部屋があって、ポムポムプリンのベッドカバーがかけられたベッドや子供の成長に合わせて大きさを変えられる注文家具の勉強机もあった。あれを運び出して、祥子が借りられるような部屋に置くことなんて、無理だと思った。

　ポムポムプリンのカバーは、義母が生地を買ってきて、自ら縫《ぬ》ってくれたものだった。

　そういう丁寧な人だった、義母は。

「とりあえず、自分の生活や仕事を整えてから娘を迎えにくるのでも遅くない、と義父母や夫に説得されました。何より、私は義母とはうまくいっていませんでしたが、母親としての彼女のことは信用していました。夫のように子供が育つなら、それはそれでいいと思ったのです。私が近くにいなければ彼女の精神も安定するし」

「なるほどね」

「でも、時々、わからなくなるんです。本当にそれでよかったのか、と。落ち着いたら、引き取ろうと思っていたのですが、落ち着くことって結局できるのかどうか。それに、夫や義母を信用しているつもりですけど、こんなに長く会えないのを、あの子はどんな理由だと聞かされているのか」

　元子は立ち上がって、キッチンの方に歩いていった。湯沸かしポットに水を入れている。お茶を淹《い》れてくれるようだった。

「私、やりましょうか」

「いえ、座っていて」

「時々、たまらなく、会いたくなります。一ヶ月に一回だと、驚くほどどんどん成長していくんです。今回は二ヶ月近く会っていないから次に会う時にはびっくりするほど大きくなっているかもしれない。そんなことを考えて。でも、その時、目に入ってくるのは自分の小さな部屋です。あの温かな場所から、こんなところにあの子を連れてくるわけにはいかないと」

　ポットがぱちんとかすかな音を立てて、湯が沸いたことを知らせる。元子は小さめの急須にハーブティーのティーバッグを入れ、そこにお湯を注いだ。急須は赤茶の、ごくありふれたものだった。何もかもが吟味《ぎんみ》され、選びつくされているこの部屋にはあまり合っていなかった。もしかしたら、元子が選んだものかもしれない。

「こんな淹れ方をすると、ケチくさいって息子に怒られるんだけどねえ。一人で一つ使うとちょっと濃いし、もったいなくて」

それをマグカップに半分ずつ入れて、運んできてくれた。

「ありがとうございます」

「コーヒーや紅茶は目がさえちゃうから。ミントとカモミールを調合しているティーバッグよ」

お茶は熱く、日向《ひなた》の匂いがした。

「また、ドライブに連れて行ってもらえないかしら」

「え」

元子は恥ずかしそうに目を伏せていた。

「何か、お買い物があるんですか」

「それでもいいし」

祥子は数日前の、元子の息子、小山内学からのメールを思い出した。

——母の好きなようになんでもしてやってください。あなたのことを気に入っているようだから。あなたが来るようになって、少し元気になった気がします。ぼんやりしていることもなくなった。

「もう何年も服や化粧品を買ってないの。興味がなくなってしまって」

「小山内さんから聞いています」

「あなたが連れ出してくれて何か買った、と聞いたら、きっと喜ぶわよ。あなたの株も上がる」

いたずらっぽくクスリと笑う。

「今から出かけて、服を買えるところなんてあるでしょうか」

確かに、そういう散財をした、と聞いたら、彼はまた、仕事に呼んでくれるかもしれない。何より、元子の気持ちに添いたかった。

「ドン・キホーテというディスカウントストアなら何かあるかもしれません。あそこは二十四時間やっているから」

「じゃあ、そこに行きましょう」

前と同じように学の黄色い小型のオープンカーに乗った。

「中目黒のドン・キホーテに行きましょう」

「ええ」

レッツゴーと声を上げるほど、はしゃいでいる元子がかえって心配だったが、祥子は素直に車を出した。

「園芸用品、ありますか?」

ドンキの入り口で、元子が若い店員に尋ねると、困惑気味に「二階にジョウロなどを少しお取り扱いしています」と答えた。やはり、園芸に興味があるようだった。

「他のものは?」

「こちらにはほとんどありませんね」

「そう」

園芸用品の扱いがないと言われて、少し気落ちした様子だったが、香水売場やメイク用品、海外の調味料などをものめずらしげに見ていた。

「あなたはどんなシャンプーを使っているの?」

元子は祥子に買い物カゴを持たせ、相談しながら、いくつかを指さしてカゴに入れていった。石鹼《せっけん》やシャンプーなど、日用品ばかりだった。

「怒らないで、聞いてね」

元子が買い込んだ、さまざまな日用品を車に載せると、彼女は言った。

「……あなたの家に行ってみない?」

「私の家？　中野坂上ですか？」

「いいえ。あなたの前の家。お子さんが住んでいる家。行ってみたくない？」

行ってみたくないわけがなかった。ただその近くに行くだけでいいと、何度、願ったかしれない。けれど、それはぼんやりとした願望で、行動に移したことはなかった。一度、行ってしまったら、もう気持ちを抑えられなくなるかもしれない。もっとつらくなるかもしれない。いろいろ考えて、自分を抑えていた。

「……会えないですよ。まあ、行ってみてもいいですが」

元子が自分を気遣ってくれているのはわかっていた。買い物は口実で、こちらが目的だったのかもしれない。

「何もないですよ。娘の顔を見られるわけじゃなし、向こうにそれが伝わるわけじゃなし」

「じゃあ、家を見せて。二世帯住宅ってどんなものか、外からでも見てみたいし。今後の参考に」

他人の領域に入らないことは決めていたが、逆にこちらに入って来る人がいるとは考えていなかった。

世田谷の家に、車で行ったことはない。結婚していた時は夫が運転していたし、別れてからは車を所有していなかった。

けれど、驚くほどスムーズに、まるで毎日通っていたかのように、祥子はその場所まで運転することができた。

たった五、六年しか住んでいない町だった。でも、最寄り駅のあたりに着くと、その懐《なつ》かしさは気味悪いほどだった。よく買い物をしていたスーパーや、娘の誕生日にケーキを買った店などが、一つずつ、祥子の記憶を刺激した。

大通りから細い道に入って、祥子は小学校の前に車を停《と》めた。

「ここなの？」

「少し歩きます。家の前に車は停められないから」

車を降りると、大きな月が出ていた。

お互い何も言わず、息をひそめるようにして、前の家、元夫と娘が住んでいる家に向かった。いつもは口数の多い元子も無言だった。

「ここです」

白い壁の、周りの家より一回り大きな家を指さした。玄関が左右、二方にあって、どちらにも同じ名字の表札がかかっている。

「娘さんの部屋は？」

「あそこです」

道路に面した、二階の小さな出窓を指さした。もちろん、電気は消えている。けれど、熊のぬいぐるみとミニバラの鉢が置いてあるのが見えた。

「素敵な家ね」

「ええ」

祥子が窓をじっと見ていると、元子が手を握ってきた。

「帰りましょうか」

帰りの車内も静かだった。

「ほらね、何もなかったでしょう」

祥子は元子を引き立たせるように、あえて明るく言った。

「ただ、窓を見ただけ」

「いいえ。違う」

元子は首を振った。

「誰かが歩けば、道の小さな石ころが動く。空気も揺れる。どんなことでも、何も変わらないってことはないのよ」

「そうでしょうか」

祥子はさっきの娘の部屋の窓を思い出していた。

熊のぬいぐるみは娘が赤ちゃんの頃から大切にしていたものだ。不安な時、怖い夢を見た時、あれを彼女はぎゅっと抱きしめていた。けれど、窓辺に飾っているのは、もう不安なことはないということなのだろうか。ぬいぐるみを抱いて寝るほど子供でなくなったということなのだろうか。部屋の中に置く鉢植えは、義母の趣味だった。大きなゼラニウムをたくさん育てていて、祥子たちが住んでいた二階にも置いていた。娘はゼラニウムの葉の強い匂いをいやがった。ミニバラが置いてあったということは、義母とあの子の間に、なんらかの話し合いがあったのだろうか。

祥子は、本当はわかっていた。確かに、何かが動いたのだと。ただ、窓を見ただけで、母親は子供を感じることができる。そして、祥子が感じた彼女はこうだった。

あの子は幸せで、自由に豊かに暮らしている。そして、確実に成長している。

祥子は静かに長いため息をついた。

「さあ、うちに帰りましょう」

元子は祥子の様子を見て、微笑みながら言った。

小山内学が帰宅し、元子の家から辞去すると、祥子は猛烈にお腹が空いていることに気がついた。

――こんなにお腹が空いたの、久しぶりかもしれない。

ただ、うまいものが食べたかった。何も考えず、ぐいぐいビールを飲んで、嚙みごたえのあるものを口に放り込みたかった。そして、駅前を歩いていると、見慣れた牛タン屋チェーンの看板を見つけた。

――うろうろ店を探すなんて、クソ食らえだ。

店内はまだ客もまばらだった。祥子はカウンター席の一番端を選んだ。そして、ろくに見もせず、メニューで一番目立つ定食とジョッキのビールを注文したのだった。

大切な牛タン定食なのだから、と思いながら、気がつくと昨夜のことを考えてしまっている自分がいた。ふと我に返れば、まだ肉もとろろも辛味噌も半分以上残っているのに、麦飯もビールもわずかになっている。

――ビールを飲みながら、麦飯をお代わりするなんて、どれだけ糖質を摂《と》るんだろう。この、糖質受難の時代に。いいや。好きなだけ食べよう。

「すみません！　麦飯のお代わりとジョッキのビールもう一つ」

「はい！」

いい返事があって、三角巾《さんかくきん》をかぶった女の子が空の茶碗《ちゃわん》を下げに来た。すぐに麦飯が運ばれる。それに祥子は威勢良く、とろろをかけた。

――ちまちまやっても仕方ない。ここは好きなように食べよう。

とろろご飯を豪快にすすり、辛味噌を口に入れて、ビールを飲んだ。

――とろろも糖質だった。今日は糖質で心と身体を満たしてやる。

タンととろろ飯も一緒に口に入れる。勢いよく噛んで、またビール。

――やっぱり、おいしい。

十二時になって、ぽつぽつとサラリーマンが入ってきた。その頃には、祥子の前の器も、ほぼ空になっていた。

――私は食べて、飲んで、生きていく。そして、生きていれば何かが変わり、それはどこかであの子につながる。

それでいい。

祥子は小さくうなずくと、残りのビールを飲み干した。

第七酒　新宿　ソーセージ&クラウト

今朝はわりに早く仕事から解放された。

朝七時前に祥子は雇い主の家を出ると、ぼんやりした頭のまま、帰路についた。

――不思議だ。今ぐらいの時間に終わる方が眠い。疲れた感じがする。

疲れたのは、仕事内容のせいかもしれない。

昨夜、祥子が見守ったのは、子供でもなく、老人でもなく、動物でもなく、三十代の女性だった。

「ちょっと変わった依頼人なんだ」

亀山は前日に、わざわざ事務所に祥子を呼んで説明した。

「変わってないことがある？　この仕事」

「まあな。けどおれがこの間、スワッピングまがいのことをさせられそうになったよりはましに違いないから、安心して」

「まがい？」

祥子は臭いものでも嗅《か》いだかのように、鼻にしわを作ってしまった。

「見ててほしいって言われたんだよ。夫婦のセックスを。上品そうな老夫婦だから、そんなこと頼まれるとは思いもしなかった」

「見てたの？」

「まさか。どんな性的サービスもしないってちゃんと規約に書いてあるからって断って、帰ってきたよ。それでも、出張料一万円くれた」

「規約なんてあったの？」

「その時、その場で決めた」

「それでお金もらうなんて、あこぎだね」

「向こうからくれたんだよ、口止め料の意味もあるんだろ」

思わず、吹き出してしまった。

「止まってないじゃん。話しちゃったじゃん」

「いいんだよ、社員同士なんだから」

亀山は偉《えら》そうに咳払《せきばら》いすると、居住まいを正した。

「でも、これから話す依頼人については、真面目に守秘義務を守ってほしいんだ」

「守秘義務？」

「おれにも内容は話さない、ってこと。お前、矢代愛華《やしろあいか》って知ってるか？」

祥子は首を振った。

「漫画家なんだって。少女マンガ系の」

「へえええ。昔はマンガも少し読んでたけど、最近は読んでないなぁ」

「なんでも、その愛華先生は中堅クラス？　なんだってよ。明日は、出版社主催のパーティがあるんだって。それで深夜二時か三時に帰ってくるから、それから先生が眠りにつくまで見守ってほしいらしい」

「それだけ？」

「そう」

「長くても数時間じゃない？」

「そうなるかな。ただ、寝るまでたぶん、先生はいろいろ話すだろうから、それをただ黙って聞いていてほしいらしいんだ」

「話すって……何を？」

「そこで、守秘義務だ。先生が話したことは絶対に他にはもらさないように。誰にも。雇い主にも」

「雇い主はその先生じゃないの？」

「直接、先生じゃなくて、担当の編集者からの申し込みなんだ」

「なるほどね」

編集者、と言った時、ちらりと小山内学のことが頭に浮かんだ。

「ほら、あれだよ。御茶ノ水のマンションに住んでる、編集長の小山内さんの紹介だよ」

まるで、祥子の考えを見透《みす》かしたように言う。

「人気漫画家ならまわりにたくさん人がいるでしょう。その編集者やアシスタントが話を聞くんじゃだめなの？」

「だめらしい。担当者はざっとした内容しか聞いていなくて、細かい話は身近な人間じゃあ嫌なんだって。その代わり、時間は短いけど、ちゃんと一晩分の料金をくれる」

「わかった」

亀山とはそれからいくつか注意事項を打ち合わせした。先生が帰宅するまでは、近くの二十四時間営業のカフェで待つこと、帰宅したら電話が来て家に招いてくれること、先生が眠ったら帰っていいこと。

「鍵はどうするの？」

「オートロックのマンションだから、そのまま出て行ってかまわないそうだ」

なるほどね、と祥子は肩をすくめた。

新宿駅前はすでに通勤客や朝帰り客でざわざわしていた。

——今日はまっすぐ帰って寝ようかな。

酒を飲まなくても熟睡できそうだった。

しかし、駅に入ると、早朝から開店しているパン屋や喫茶店がいやでも目に入ってくる。どちらからも、淹れたてのコーヒーのいい匂いやパンの香りが漂ってくるようだった。実際には大量の通勤客が行き来している通路までは、匂いは届かなかったが。

——一杯、コーヒー飲んで帰るか。

ふっと誘われたところに、思いついた場所があった。

——あそこにしよう。

新宿東口、ルミネエストの地下一階の片隅、改札口の脇に、小さな立ち飲みのカフェがあるのを思い出したのだ。

——モーニングもやってたはず。ソーセージやハムもおいしいんだよな。

あそこは黒ビールやワイン、日本酒も置いていたはずだ。今朝はコーヒーでいいけど。

さすがに朝から酒を飲む客はいないだろうから。

立ち食い蕎麦屋の向かいにお目当ての店があった。

べたべたと一面に張られているメニューが懐かしく、どれもうまそうに見える。中に入ると、濃い茶色のカウンターやテーブルセットがシックだった。

──映画の「逢《あい》びき」の中に出てくる、駅の待合室はこんな感じだったんじゃないだろうか。白黒映画だから色はわからないし、もっと広かったけど。

壁側のカウンターにずらりと立っている男性たちの手元を見ると、皆、ほとんどビールやワインを飲んでいる。

──うわー、朝からアルコール率高っ。

祥子は飲む気はなかった。あくまでもコーヒーを飲んで帰るつもりだった。それなのに注文カウンターに着くと、自然、「ハーブレバーパテと黒ビールください」と頼んでしまっていた。

──ヤバい、私ったらなんでお酒頼んじゃってるの。でも、ここで飲むなら女でも朝でも目立たないし。この機会は逃せない。しかもビールやワインは三百円からだし。

幸い、小さな二人掛けのテーブル席が空いた。座ると、なんだかがっつり飲んでしまいそうなくらい居心地がいい。

祥子のテーブルの前のカウンターには老紳士がいて、ピルスナービールを一人、楽しんでいる。隣のテーブルは若い男だが、こちらはグラスワインをなめながら、手帳に何か書き込んでいた。

まず、黒ビールを飲む。日本産のビールだから、強い癖はない。だからか、ここには樽のギネスもある。

――これはこれで、飲みやすくていい。朝には特に。

レバーパテにはパンとクラッカー、オニオンスライスが添えられていた。一見、硬そうに見える細いフランスパンの斜め切りが二枚。口にすると、適度に噛みごたえがあって、中はやわらかい。パテはもちろんのこと、パンがおいしい。

――日本人にはこのくらいがちょうどいい。レバーもまったく臭みがない。フォアグラのパテみたい。もしくは上等なバターか。

クラッカーの方にもパテをつけた。薄切りにして水にさらした新鮮なタマネギのスライスものせてみる。

――ああ、こうすると、タマネギがアクセントになって、また味わいが変わる。辛みや臭みのないタマネギなのに、こんなに変化するんだ。ビールにも合う。

朝から幸せだなあ、と目をつぶると、ついさっきまでいた、漫画家の部屋のことを思い出した。

深夜の三時になっても彼女からの電話はなくて、これはもう、今夜は呼ばれないのかな、と思っていたところに連絡が入った。

「あなた？　見守り屋さんて」

「はい」

「これから来てくれる？」

電話越しでも相手が酔っているのがわかった。

マンションのエントランスで教えられた通りに中に入り、上へ上へとエレベーターは昇って、最上階から二つ下の階で止まった。

チャイムを押すと、玄関までちゃんと出てきてくれた。電話の調子だったら、そのまま寝てしまって、中に入れないかもしれないと心配していたので、ちょっとほっとした。愛華先生は、まだ化粧も落としておらず、服装もパーティ仕様のワンピースのままだった。祥子と同年代なのに、髪型もメイクも若い。二十代そこそこに見える。

「お待たせして、ごめんなさいね」

それでも、やっぱり声は酔っていた。語尾が酔っている。ごめんなさーいーねー、と不自然に長く伸びた。

「お名前、聞いていいですか？」

「あ、犬森祥子です」

「あがってください」

足下にスリッパをそろえてくれる。酔っていてもこういうことができるのは、人に気を遣うちゃんとした人だ。

「今、着替えてくるので、そこで待っててもらえますか」

リビングに通された。あまり部屋の中をじろじろ見回さないように気をつけながら、1LDK、四十平米ぐらいかな、と見当をつける。

ガラスのテーブル、白いソファ、真新しい電化製品、まるで、ファッション誌かドラマの主人公の部屋みたいだ、と思う。矢代愛華先生は羽振りがいいようだ。

「引っ越したばっかりなの。仕事場はマンションの別の階にある」

聞いてもいないのに、そう教えてくれた。

彼女がシャワーに入って着替えてくる間、ソファに座って、持参した本を読んでいた。

「お待たせしました」

これまた、ドラマの主人公が着ているような、真っ白でもこもこのパジャマを着て現れた。

「それじゃあ、私、寝室で寝ますから、それを見ててくれます?」

「はい」

女同士とはいえ、寝室に入るのは、どこか緊張した。しかも、ここまで、愛華はほとんど個人的な話をしていない。

寝室は八畳ほどで、大きなダブルベッドがあった。恋人がいる、というよりも、ゆっくり休むために買ったような雰囲気だ。白と濃い茶で部屋は統一されていた。

「私、ここに寝るから、あなた、そこに座って」

言われるままに、仰向《あおむ》けに横たわった彼女の顔の横あたりに椅子を置いて、座った。

明かりを消しても、愛華の目が小さく光っているのが見えた。

「いつも、こんな感じなの？」

胸のあたりで手を組んでいる愛華が尋ねた。

「こんな感じ、とは？」

「この仕事、見守りの」

「いろいろですね。老人や子供、ペットなんかの見守り、というか、深夜の留守番も多いですし」

「おもしろい仕事ね。前に、添い寝する仕事のマンガを読んだことがあるわ。イケメンの男の子が女性の家に行って、添い寝するの。もちろん、セックスはなしで。それだけで女性は癒《いや》されるの」

「知りませんでした」

「おもしろいわよ。おすすめ」

「読んでみます」

愛華は黙った。けれど、眠ったわけではなくて、暗闇で目をぱっちり開けている。

「あの」

思い切って、祥子は言った。

「なあに」

「好きなようになさっていいんですよ。なんでも、先生のしたいように。他の人がどうするかとか、私がどう思うかとか、気になさらなくていいんです。先生がお呼びになったんだから」

愛華はまわりに気を遣いすぎなのではないか、と思った。こんなに酔っているのに、こちらのことばかり気にしている。

彼女はしばらく黙り、やっと口を開いた。

「あなたが先生って呼ぶから、思い出してしまった」

「いけませんでしたか」

「今日ね、パーティがあったの。知ってるわよね」

「うかがっています」

「一年に何度か出版社が主催して、漫画家が一堂に集まるパーティ。ホテルの大会場で開かれて、結構、豪華な食事も出る。皆、思い思いのおしゃれをしてくるの。ほら、漫画家って、普段はほとんどうちにこもって仕事しているから、そういう時が唯一の社交場というか」

「そうなんですね」

「私、とても楽しみにしているの、いつも。おいしいものも食べられるし、きれいな服も着られるし、他の漫画家さんにも会えるし。子供の頃からあこがれだった先生にも会えるのよ」

「すごいですね」

「あの」

「なんですか」

今度は愛華が思い切ったように言った。

「私の言葉に、いちいち返事しなくてもいいわよ。というか、しないで。私が返事を求めた時だけにして」

「わかりました」

祥子は暗闇の中の愛華の目を見て、小さくうなずいた。それで、いいんですよ、好きなようにしてください、と。

「先生って呼ばれたの。それなのに、私、うまく言えなかった」

誰にですか、と尋ねる代わりに首をひねった。

「男の人、たぶん、記者の人。あのね、パーティには漫画家だけじゃなくて、いろんな人が来るの。ほとんどは漫画家と編集者なんだけど、それ以外に、普段お世話になっている新聞や雑誌の記者の人とか、ライターの人とかも呼ばれるの。それで、編集者の人が前に私のマンガについて、雑誌かなにかで褒めてくれた記者の人を紹介してくれたの。私、嬉しかった。いい記事を書いてくれたから、お礼を言いたかったし。そしたら、その人が矢代先生って私を呼んだの」

「先生、じゃいけないんですか」

愛華の目がこちらを向いていたので、答えてほしいのかと思って言った。漫画家や作家には敬称として先生をつけることが多い。そのぐらい祥子も知っていた。

「確かに、漫画家同士は、先生ってつけるのが習慣みたいになっているの。医者とか代議士みたいにね。昔からの習慣だし、お互いそうだから、どこか愛称みたいな感じもあって、気にならないの。だけど、外の人には理解されないかもしれないでしょう。だから私は、そういう記者の人なんかに呼ばれた時は、『先生なんてやめてください』とか言うんだけど、あの時、とっさのことだったし、そのまま話が続いちゃって、言いそびれちゃって、私、ずっと先生って呼ばれ続けて……」

愛華は両手で顔を覆った。

「きっと、あの人、私のことを、先生って呼ばれ慣れてる、思いあがった人間だと思ったかも」

首を振ってみせたが、愛華には見えていなかったようだった。

「それだけじゃないの。その後、今度は昔から大尊敬している、『桃色珊瑚礁《さんごしょう》』の寿《ことぶき》アオイ先生を紹介されたのね。私、前から一度お会いしたくて、編集者にも頼んでいたぐらい、大好きな先生なの。寿先生は少女マンガの祖と言われているような人だから。それなのに」

愛華の声は叫び声のようになった。

「私ったら、直前まで『先生』って呼ばれてたことが頭にひっかかってたのか、間違えて、寿さん、って呼んじゃったの。あああー」

愛華は布団の中に頭を突っ込んで、うめいた。

「それも一回じゃなくて、三回も。寿先生、驚いた顔してた。途中で気がついたんだけど、テンパってちゃんと訂正できなかった。先生の方は私のこと、先生って呼んでくれたのに」

「大丈夫ですって。気にしてませんよ」

黙っていろと言われても、無理だった。思わず口を挟んでしまう。

「大丈夫じゃないっ。たぶん、寿先生、私にあきれたんだと思う。ああ、なんであんな失敗しちゃったんだろう」

慰《なぐさ》める代わりに、祥子は愛華の背中のあたりを軽く叩《たた》いた。それで、やっと、愛華は布団の中から顔をのぞかせた。

「今回だけじゃないの。私、いつも、パーティで失敗してしまうの。お酒飲むでしょう。そうするといい気になって、いろいろ話しすぎちゃって、人を不快にさせたり、あきれさせたりしちゃうの。それで、家に帰ってきてから、ものすごく落ち込んで、何日も何日も、パーティで話したこととか起こったことを、頭の中でリピートして、マンガが描けなくなって」

これか、と祥子はやっとわかった。これが、愛華と編集者が、祥子を呼んだ理由なのか。

「こんなこと言っても気休めにもならないかもしれませんが、そういうの、普通じゃないですか。パーティってそういうものじゃないでしょうか。皆、飲んで酔っているし、余計なことを言ったり言われたりするのが」

「そうじゃないの、私はすぐ酔っぱらうから、たちが悪いの」

他にもね、と愛華は続けた。

曰《いわ》く、「三十過ぎたら女も図々《ずうずう》しくなりますから」と自虐《じぎゃく》したつもりだったのに、そこにアラフォーの先生がいて、席を立ってしまった。新しい酒を取りに行ったのかと思っていたけど、そのまま戻らなかった。あれはきっと気を悪くされたのだと思う。さらに、編集長に食べ物を勧められたのに「いりません」と拒絶するような口調で断ってしまった……。

愛華が言うことは、どれもささいなことだった。漫画家として成功している彼女がそこまで気にすることはないようなことばかり。

しかし、こういう神経の細かい人間だからこそ、そういう仕事ができるのかもしれない。

「大丈夫」

今度は愛華がそう言った。声に涙が混じっている。

「私、こんなこと言ってても、何日かすれば、だんだんに薄れるから。それはわかってるから、ずっと今みたいなことを独り言でぶつぶつ言って、やっと治っていくの」
「わかる？　つらいのよぉ。自分がバカみたいで、落ち込むし、ずっと今みたいなことを
「でも、それまではつらいでしょう」
から、大丈夫」

彼女は枕を抱えて、ふえーん、と子供のような泣き声をあげた。

祥子はまた、背中をさすってやった。何か慰めの言葉を言ってやるよりも、ただ、彼女の中にあるものを吐き出した方がいいと思った。

「いつも思うの。もう、私のような人間は人前に出なければいいと。出なければ、失敗もしないし、人を傷つけたり、しない……もう誰の前にも出ない。ノートルダムの怪物みたいに部屋に閉じこもって生きる……でもね、パーティにも行きたいの。漫画家になるのは昔から夢だったし、時には他の先生に会いたいし、あこがれの人もいっぱい来るんだもの」

嗚咽《おえつ》は、だんだんきれぎれになって、そして、寝息に変わった。

――あれは、あれで、大変な仕事だし、性分だなあ。

祥子はため息をついて、黒ビールを飲み干した。財布を持って立ち上がり、カウンター

で注文する。

「ソーセージ&クラウトとハウスワインの赤ください」

「はい。ソーセージはテーブルまでお持ちします」

ワインだけ持って席に戻って、ぐいっと飲んだ。

——ライトボディだと書いてあったけど、味わい深いワインだ。これなら十分、ソーセージに立ち向かえそう。

残っているレバーパテと合わせる。

——これもいい。これを三百円で出すなんて。ハウスワインがおいしい店はいい店だ。というか、ハウスワインに手を抜いている店なんてクソ食らえ、だ。

そうしているうちに、ソーセージが届いた。長めで白っぽいソーセージにたっぷりのザワークラウトがついている。

まず、ソーセージを一口。皮はぱりりと歯ごたえがあって、中身は軟らかい。

——これは意外。全体に硬めのあらびきウインナーのようなものかと思っていたのに。でも、中の軟らかいところ、おいしい。ちょっと上質なパテみたいな感じ。

次にザワークラウトを食べる。

——酸味の少ないタイプなんだ。これだと、サラダ代わりにたくさん食べられそう。だから、量が多めなのかも。

ワインをさらに飲むと、疲れが解《ほど》けていくようだった。

——愛華先生も、もっとぐっとお酒を飲んで、ぐっすり寝ちゃえばいいのに。

本来なら不満や疲れを解消する酒なのに、それがさらにストレスを増していることが気の毒だった。

祥子には、愛華がもともとストレスを抱えていて、気分転換がうまくできていないように思えた。

——楽しいことを見つけて、普段から少しずつ発散しないと。

今度会ったらそうアドバイスしようか、それとも、嫌がるかな、とあれこれ迷っていた時、自分はもう二度と愛華と会うこともない可能性が高いのだ、と気がついた。

——向こうが呼んでくれなきゃ、需要はないわけだ。

実際、仕事を始めてから、一度見守りをしたきり、二度と会っていない人は多かった。

ワインを口に含んだ。そのままじっと味わう。

どこかもの悲しい気分になった。そして、そんな気持ちになったことを不思議に思った。

この仕事を始めた頃には持ったことのなかった感情だった。

――いや、私なんか呼ばない方が幸せかもしれないし。呼ばれないのは、お客さんが幸せの証拠、と考えよう。向こうが忘れていても、こちらが覚えていればいいのだから。

祥子はこれまで深夜に自分を呼んでくれた、孤独な人たちの幸福を心から願った。

第八酒　十条　肉骨茶《バクテー》

巨大と言ってもいいような、商店街だった。

――こんな場所は、東京でももうめずらしいんじゃないか。

祥子はあたりをきょろきょろ見回しながら歩いた。みっともないと思いながら、そうせずにはいられない、あふれる魅力と活気があった。

――武蔵小山もなかなかなアーケードだったけど、十条《じゅうじょう》銀座《ぎんざ》は一回り大きい。

北海道の道東育ちの祥子に、商店街やアーケードはめずらしいものだった。昔は多少あったのかもしれないが、子供の頃にはすでに、大型のスーパーやショッピングモール、駐車場付きのドラッグストアに自家用車で乗り付ける時代となっていた。

両脇にぎっしりと店が並んでいる。年輩の女性が思い思いの、華やかなショッピングカートを引きずりながら歩いている。ピンクもグリーンも、茶も紺《こん》も、着ている服はさまざまだが、皆、一様にくすんだ色合いなところがおもしろい。没個性になりそうなのに、よく見るとちゃんと一人一人に特徴があり、違う雰囲気を身にまとっていた。

人生の年輪だろうなあ、さすが、と心から感心してしまった。

仕事終わりで、決して楽な身体ではなく、今日は特にヘビーな案件であったのに、その活気に背を押されるように小道を曲がったり、店をのぞいたりしてしまった。十条の魅力にぐいぐい引っ張られ、疲れが取れていく。

大通りの中ほどに中年老年女性たちがあふれている一角があった。近づくと、段ボール箱にいろとりどりの下着や靴下が詰まっている。

――うわ、このパンツ、百九十九円だって。靴下は六十円。人が集まるわけだわ。

思わず、二枚で二百九十九円という値札が付いた、シンプルな下着と、暖かそうな靴下を手に取ってしまった。離婚してから、自分の身につけるものは一つも買っていない。そんな祥子にさえ、財布のヒモをゆるめさせる、見事な品ぞろえと値段だった。

「これね、カップのところがメッシュになっているから夏になっても涼しいの。でもね、冷房で冷えることもないのよ」

隣で、女性店員が老女に説明している。見れば、カップ付きのキャミソール、四百二十円。祥子も思わず一枚カゴに放り込んだ。

――お安いけれど、グンゼや福助《ふくすけ》のものも多い。どうしてこんなに激安なんだろう。

さらに、一足百円のストッキングも買って、店を出た。

新鮮でつややかなスルメイカを並べている魚屋、ジャガイモもタマネギも一袋百円の八百屋などに目を引かれた。鶏《とり》の揚げ物を中心にした激安のお総菜屋で一つ十円のチキンボールも包んでもらう。

依頼人の家を朝九時半過ぎに出て、昼を食べるには早いし、今日はまっすぐ帰ろうと思っていたのについ寄り道をしてしまった。十一時を過ぎると、さらに人が多くなった気がした。

――なんだか、十一時がこの街の開店時間みたい。

こうなると、ランチも食べたくなってきた。絶対に、リーズナブルでおいしい店がそろっているはずだ。

――蕎麦屋、洋食屋、ラーメン屋……どれも捨てがたい。

小道をぐるぐると歩き回っていると、真っ赤《まっか》な看板がはっと目に飛び込んできた。

肉骨茶。

強烈なその名前が、バクテーと呼ばれる、シンガポールやマレーシアの名物料理だということを、祥子は知っていた。

――肉骨茶。久しぶりだ。

懐かしさが胸にあふれて、店のドアを押した。中に入ると、漢方薬の匂いがつんと鼻を突く。

「いらっしゃいませー」

感じのよい、若い女性が笑顔で迎えてくれた。

「どちらでも好きな場所におかけください」

カウンター席が二列並んでいる。窓際のカウンターは低い椅子で、向かい側のキッチンに面した方は高いスツールだ。祥子は低い椅子の席を選んだ。店に客は他にいない。

「メニューどうぞ」

彼女が写真入りのメニューを差し出した。

「肉骨茶は豚のスペアリブを煮込んだスープなんですけど、お肉の量で値段が変わります」

祥子がじっとそれを見ているのを、料理を知らないと思ったのか、親切に説明してくれた。

メニューは他に、肉骨茶を使ったカレーや、スープへのトッピングがあるだけで、ほぼ肉骨茶だけの店のようだった。

——これはめずらしい。日本ではシンガポール料理の一品として扱われるくらいなのに、専門店なんて。

「バクテーとご飯のセット、トッピングは油条《ヨウティヤオ》、それから、タイガービールください」

ここは生ビールではなくて、シンガポールのタイガーだろう。油条は中国圏特有の揚げパンと油揚げの間のような食べ物だ。スープに浸して食べる。

さすがに十一時からランチを食べる人はいないらしい。注文が終わった後、店はしんと静まりかえった。

——シンガポールやマレーシアでは朝食なのに。

祥子と肉骨茶の出会いは短大時代だった。

高校の時に、親の転勤で引っ越してきた池谷成美《いけたになるみ》という女の子と仲良くなった。成美の親は金融関係の仕事についていた。子供の頃から頻繁《ひんぱん》に引っ越しをくり返していた彼女には独特の、何かを悟っているかのような雰囲気があった。べたべたとしがちな地元の人間関係とは一線を画す少女に、祥子は強く惹かれた。成美の話す「外の世界」の話はどれも楽しかった。

「ありがと」

また、別の街に移っていく時、成美は彼女らしい、そっけない感謝の言葉を述べた。

「あんたがいたから、ここ二、三年はまともに過ごせた」

成美はこれまで、何度もひどいいじめに遭《あ》ったことを話してくれていた。

それから、一年後、彼女が両親とともにシンガポールに引っ越した時、「遊びにおいでよ」と誘ってくれた。祥子にとって初めての海外旅行だった。そこで、肉骨茶を教えてもらった。今一番はまっている食べ物だと言って。

先にビールと小皿が運ばれてきた。

「これ、お通しです。バクテーのスープで煮てあります」

こんにゃくやごぼうなど、日本らしい食材が、漢方薬の利いた煮付けになっている。興味深く箸を取る。

――不思議な味だ。おいしいけれど。

ビールとそれをちびちびやっているところに、肉骨茶が運ばれてきた。

濃い茶色のスープの中に、大きな骨付き肉が二本入っている。たっぷりと肉が付いていた。他に白いご飯と油条の入った小鉢、小さな野菜サラダ。

「タレとニンニク、青唐辛子がありますので、お好みで使ってください。スープはお代わり自由です」

彼女の指さす方向に、醬油差しとおろしニンニク、輪切りの青唐辛子が入った容器があった。

――スープがお代わりできるなんて、本格的だ。日本のバクテーで初めてなんじゃないか。

シンガポールでも、マレーシアでも肉骨茶の専門店には店の端に、スープの入った大きなヤカンを持った女性が立っていて、汁が少なくなるとざあっと注《そそ》いでくれたものだった。

まず、何よりも先にレンゲを取って、スープをすってみた。

——あー、これは本場の、マレーシアのバクテーの味だ。

しっかりとした豚のスープに、漢方薬の匂いがある。シンガポールの成美の家に行った時、マレーシア領の隣町、ジョホールバルを訪ねた。その時、食べた味だった。

同じ、スペアリブのスープでも、漢方薬で煮込むのがマレーシア流、肉のスープそのものを楽しむのがシンガポール流だ。どちらもおいしい。

肉を箸で軽く引っ張ると、簡単に骨からはずれた。むしゃぶりつく。豚のスペアリブなのに、まったく脂っこくない、ほろりと崩れ、軟らかい肉の塊だった。

——おいしい。肉にもしっかり味がある。

それから、油条をスープに沈めた。オニオングラタンスープに浮かべるパンのように、スープを吸ったところを食べるのだ。

ビールをごくりと飲んだ。軽いタイガービールが肉とよく合う。

シンガポールでは、肉骨茶の専門店はほとんどが海や港のそばにある。昔は港湾労働者の食べ物で、早朝から激しい肉体労働をした彼らが、力をつけるために食べるものだと聞いた。

――本当に、肉をくらい、骨をすって、生きているって感じだなあ。

「君は、僕が死なないよう、見張るために来たんだろ」

肉に噛みついた時、堀田安雄《ほったやすお》の言葉が胸に響いた。

彼の家は十条駅から、十分ほど歩いた場所にあった。

日本家屋の一軒家で、かなり古い建物だった。言われていた通りドアベルを鳴らすと、玄関脇の小窓から顔を出した。彼の髪には起きたばかりのような寝癖があり、顔は不健康に白かった。それでも、髪が黒々としているので、聞いていた六十五の歳より、若く見えた。

「君は、僕が死なないよう、見張るために来たんだろ」

なんと答えていいのかわからなくて、でも、言いつけられた仕事はまさにそれだった。

「……そうです」

彼はしばらくじっと祥子の顔を見て、うなずいた。

「今、開けるよ」

玄関の引き戸をがらがらと開けてくれてほっとした。もしかして入れてくれないのではないかと恐れていたから。家の中はきれいに片づいていた。

「藤堂《とうどう》たちには頼まなくていいと言ったのに」

独り言のようにつぶやきながら、彼は茶を淹れた。

「おかまいなく」

「僕も飲むから」

堀田は半年前に妻の冴子《さえこ》を亡くしたらしかった。

彼は画家、妻も高校の美術教師という芸術家の夫婦で、子供はなかった。美大で知り合い、そのまま結婚して、日がな、好きな絵を描き、友人たちと集って暮らした。

冴子が六十五の若さで（その歳では、今は若いと言うべきだろう）亡くなったあと、堀田は死にたいと何度も漏らし、実際、二度、自殺をはかったそうだ。彼らの友人は多く、大学時代の友達や、堀田の絵画教室の生徒たちが毎日彼を見張ることになった。けれど、昨夜はどうしても誰も空いていなかったため、祥子が呼ばれた。

無臭の家だ、と堀田と向かい合わせに座って茶を飲みながら、祥子は思った。

事前に聞いていた説明から、するであろうと思っていた匂い、テレピン油などの画材の匂いも線香の匂いもしなかった。

「冴子さんはあそこにいるよ」

祥子の気持ちを察したように、堀田は無表情で部屋の片隅を指した。そこに仏壇はなく、ただ、白い小さな箱があった。骨壺が入っているのだろう。

「墓には入れない。仏壇も置かない。僕の家の先祖代々の墓なんて、冴子さんには窮屈《きゅうくつ》だからね。墓の中でまで、うちのくだらない親に気を遣う必要はない。ずっと一緒にいるつもりなんだ」

まるで、祥子がその「くだらない親」であるかのように挑戦的に宣言した。そうですか、と答えるしかなかった。

茶を飲み終わると、何もすることがなかった。

「どうぞ、お休みください。またはお好きなようにお過ごしください。私はここにいますので」

祥子はそう言ってみた。彼は肩をすくめた。

「遺骨がある家にいるなんて、怖くないかい？　嫌じゃないかい？」

「今のところは別に」

「ふーん」

「夜はいつもどうされているのですか」

祥子の方が質問してみた。

「だいたい、起きているね。今は昼と夜が逆転しているんだ。まあ、昼もそんなに寝ない。冴子さんが死んでから」

祥子が黙っていると、「冴子さんの絵を見る?」と彼は言った。そして、答える間もなく、立ち上がって二階に上がっていった。

二階の部屋はアトリエのようで、絵や画材がぎっしり置いてあった。風景画と、人物画が半々だった。素直に描かれ、どこかさみしさを感じる風景とぎらぎらとこちらを見つめる人物画はまったくタッチが違っていたから、夫婦二人の絵が混ざっているのだろうと思った。

「これが冴子さんの絵」

思った通り、風景画を彼は指さした。

「こっちが僕の絵」

人物画の方だった。

「どう?」

「きれいな絵ですね」

「いい絵だろう」

「最近は、あまり描いていないんですか」

「どうして」

「油絵具の匂いがしないから」

「彼女が死んでから、筆を握る気にならないんだ」

　じっと彼は絵を見つめていた。そして、急に両手で顔を覆った。

「冴子さんの方がいい絵を描いた。けれど、彼女は教師になって、僕を支えてくれた。彼女に自由にさせていれば、もっともっといい絵を描いたかもしれないのに」

　彼女が定年を迎えたからこれからはゆっくり世界中を旅行して回り、思い切り絵を描かせるつもりだったらしい。しかし、冴子が昨年の秋に乳ガンで倒れ、今年の初め、あっという間に亡くなってしまった。

　彼はその過程、彼女の闘病生活、彼女の死、そして、その後の彼の対処などを問わず語りに話してくれた。そのほとんどは事前に、彼の友人で祥子の依頼人である藤堂から聞かされていたことだったが、黙って聞いた。

「ずっとどこか身体の調子が悪い、だるいと言っていたんだけど、僕が勧めても病院に行かなくてね……夏バテだろうって。秋に引きずるように連れて行った時にはもうステージⅣだったんだ。それが心残りで……もっと早く強引に連れて行けばよかった。僕が殺してしまったようなものだ」

「そんなこと……」

「可能な限りの抗ガン剤をすべて試して、でも、死んでしまった。彼女は苦しんで、薬を使うたびに弱っていったよ。もしも、治療をしなかったら、逆に長生きしたかもしれない。それもこれも、僕が治療することを勧めたからなんだ」

「そうですか」

「僕らは両方の家族から結婚を反対されていたから、親との縁を切って生きてきた。向こうの親は画家なんて甲斐性《かいしょう》のない男はだめだと言うし、こっちの親はどこの馬の骨かわからない娘はお断りだと言うし」

堀田は地方の、先祖に武士の家系を持つ家柄らしい。田畑もたくさん所有する家の、三男だそうだ。

「冴子さんは葬式もしたくない、戒名《かいみょう》もいらない、と言ってたんだ。学校の先生だったから、教え子たちはお別れの会をしたいって言ったんだけど、僕が断ってね。そんなことをしたら、冴子さんが死んだことを認めるようなものだから。それなのに、冴子さんの親がどうしても葬式をしたい、骨を分骨してあっちの家の墓にも入れたいなんて言うから、怒鳴り合いの喧嘩《けんか》をして、追い払ったよ。葬式をしないなんて、あの子も草葉の陰で泣いているとか言い出して。葬式無用というのは冴子さんの遺言なのに」

「……愛されてたんですね」

「何？」

「奥さん、愛されてたんですね」

「そうだよ、冴子さんは僕の女神《ミューズ》で」

「いえ、冴子さんのご両親に。家出して何十年にもなる娘を墓に入れたいなんて、よっぽど愛情深くないとできないですよ」

口を出すまいと思ったのに、つい、しみじみとした声が出てしまった。

話の腰を折られて、堀田は一瞬、祥子をにらんだ。

「あ、すいません。私の友達が家族との不和で家出して、その後知り合った人と結婚したんですけど、夫のＤＶで離婚してしまったんです。しかたなく子供を連れて帰ってきたのに、実家に入れてもらえなかったんで」

「いや、あれはただ、世間体を気にしただけだ。そういう親だから」

祥子は返事をせず、ただ、うなずいた。

「いずれにしろ、ご両親にも旦那様にも愛されて、お幸せだったんじゃないでしょうか、奥さんは」

「口先だけの慰めを言うね、君は」

「失礼しました、もう何も言いません」

機嫌を損ねて、それ以上話してもらえないかもしれないと思ったのに、彼の話は朝まで続いた。聞いているうちに、夜が白々と明けてきた。

朝の九時になると、堀田の友人、藤堂がやってきた。彼は高校時代の友人と聞いていたが、髪が真っ白で、堀田より少し老け、落ち着いて見えた。

「ありがとうございます」

祥子が玄関で迎えると、彼は深々と頭を下げてお礼を言ってくれた。

「いいえ、こちらこそ」

「彼はどうしていますか」

「二階で寝ていらっしゃいます。昨夜はいろいろお話しになって、ちょっとお疲れになったみたいで、明け方眠られました」

「それはよかった」

では、これで、とバッグを持って立ち上がろうとしたところで、「ちょっとお話できませんか、お聞きしたいこともあるので」と藤堂が声をひそめた。

その声の調子で、話したいこととは、きっと堀田のことだろうと思った。

「彼はいい男なんです。学生時代から。優しくて、男気があって、損得なしに人助けをしてくれて。私が人生で出会った中で、一番に信用のできる男だと思っています」

「そうでしょうね」

祥子も同意した。確かに、堀田は少し浮き世離れしたところはあるものの、まっすぐで、意地悪だったり、嘘《うそ》をついたりすることはない人間のような気がした。

「だから、今回のことで、亡くしたりしたくなくて」

「わかります」

「でも、なかなか立ち直れないんです。ああやって、一晩中冴子さんのことをくり返し話しているから、見張りに来てくれる友達も、一人減り、二人減りしてしまいました」

それもまた、本当だろうと思った。どんなによい友達であっても、皆、自分の生活がある。

「私たちのような爺《じじい》でも、まだ、忙しい時もあるものですから」

「ええ」

「今日は犬森さんに話をじっくり聞いてもらってよかった。皆、一生懸命彼の話を聞くのですが、何度も聞いているし、もともと知っていることなので、ちょっと注意がそれちゃうんですね。そうすると彼がとても傷つくので、どうしたらいいかわからなくて」

純粋なやつだから。

藤堂がつぶやいた言葉で、彼がどれだけ堀田を大切に思っているのかわかった。

「どう思いました？　彼の話を聞いて」

藤堂が小さく身を乗り出した。正直なところ、その表情を見て、彼が「見守り屋」を頼んだのは本当はこのためでもあるのかもしれないと思った。赤の他人から彼を見てほしいと。

「彼、立ち直ることができるでしょうか。本人はもう大丈夫だと言うんですが、一人にしてもいいんでしょうか、他人から見てどうですか」

「私は専門家ではないので、確かなことは言えませんが」

「でも、冴子さんが亡くなってから、彼の家の中に入った他人はあなただけです。病院やカウンセリングに行けとはまだ言えないんですよ」

「……自由すぎるのではないかと思いました」

「自由？」

「はい。堀田さんはお子さんもいないし、親戚とも疎遠だし自由業です。だから、奥さんが亡くなっても、こうしなければならない、という規範というか規則、決まりが何もない」

「決まり……なるほど」

藤堂は腕を組んで、考え込む顔つきになった。

「だから、お葬式も納骨もされない。最近はそういう方も多いみたいですけど。でも、お葬式とか親戚への対応とか面倒ですけど、そういうことをしている間に、だんだんあきらめるというか、死を受け入れるということもあると思うんです。死を受け入れるとか簡単に言えませんけど、でも、儀式にはそういう一面もあると思うんです」

祥子は自分の母親のことを思い出していた。彼女が中学生の時に、やっぱりガンで死んだ。何よりもつらかったのは学校に行かなければならないことだった。そこで、前と同じ日常を過ごすのは耐えられなかった。もう母のいない世界で。

でも、日々の些末《さまつ》なこと、つまらない授業を受けたり、体育で身体を動かしたり、廊下を走っていたら隣のクラスの無神経な教師に呼び止められて「犬森、お母さんのことは残念だったな」と慰められたり……そういうこと一つ一つが少しずつ立ち直らせてくれた。

「すごく簡単に端的に言うと、お葬式をした方がいいんじゃないでしょうか。納骨も。それから、ここから先はやっぱり、専門家に相談した方がいいと思います。皆さんのためにも」

一言では説明できない、誤解されるかもしれない、と思いながら言ってしまった。

「私たちは、古い時代に反抗しながら、それをぶっつぶそうとしてきた世代の人間だから、堀田君のような選択もありだと思っていたんですよ」

なるほど、儀式ね、儀式と藤堂は何度もつぶやいた。

堀田たちのことを考えているうちに、祥子は肉骨茶を食べ終わっていた。飲み干したスープの皿に、白く硬い骨が二本、ころりと転がった。

第九酒　新丸子　サイコロステーキ

間口の広い店だった。ガラスの引き戸から、楽しげに酒を飲む人間の姿が見える。わいわいと、にぎわう声がガラス越しに聞こえてきそうだった。

祥子はその店の前に、傘を差してじっと立っていた。日本海から季節はずれの冷気が関東の上空に流れてきて、急に冷たい雨になっていた。天気予報をちゃんと聞かなかったので、薄いパーカ一枚で出てきてしまった。折りたたみ傘では雨を避《よ》けきれず、肩口を濡《ぬ》らした。自然、小刻みに身体を揺らしてしまう。

中に入って待ちたいのだが、それでは彼との約束を破ることになる。店の前で待って て、というのが昨日の電話だった。予約を取っているかもわからない。

「いい店見つけたんだ。昼間から酒が飲めて、じっくり話せる」

「勤務中にお酒なんていいの？」

「営業だもの。客から勧められた、と言えばいい」

前はそんなことしない人だったのに。

元夫の変化を訝《いぶか》しく思いながら、自分だって昔は昼から飲んだりしなかったか、と気がついた。

お互いに、時間が流れている。

「夜、ゆっくり会えればいいんだけど、仕事もあるし、早く帰れる日は少しでも家にいたいし」

それもまた、昔はなかったことだった。

義理の両親と手のかかる幼い娘だけの家に取り残される、居心地の悪さをどれだけ彼に訴えたことだろう。いつも「仕事が忙しい」という言葉にかき消された。

しかし、今は娘のそばにいてやりたい、という父親らしい言葉が素直に嬉しかった。

「それに夜、家を空けるとお袋がうるさいんで」

昔から息子夫婦の予定をすべて把握したがる人だったし、息子が別れた嫁と会っていると知ったら理由を聞きたがるだろう。過去の苦い思い出がよみがえって、顔をしかめてしまった。電話で助かった。

「では、十二時に」

昼酒場というジャンルで有名な店で、定食屋とも居酒屋とも中華屋ともつかない、さまざまな料理と酒を出す店らしい。

三十分を過ぎた頃に電話が鳴った。

「悪い。商談が長引いて、どうしても抜けられなくなった。また連絡する」

慌てて早口で言うと、祥子が答える間もなく、切れた。

呆然《ぼうぜん》としながら通話をオフにして、スマートフォンをバッグに入れる。鼻から深く息を吸って、ゆっくり吐いた。

さて、どうするか。

今まで訪れたことのない駅だった。祥子の家からは小一時間はかかる。彼の方から「話がある」と言われなかったら来なかった。酒を飲まないとできないような話なのか、と身構えていた。

傘を持つ手は濡れて冷え切っていた。腹立ちはあるものの、どこかほっとした気もする。

ここに入ろうか。

歩み寄って、中をのぞいた。定年後と思《おぼ》しき男性ばかりが数人のグループで飲んでいる。

——良さそうな店だが、一人で入るには勇気がいる。

きっと、次もまた、元夫はここを指定するだろう。その時でも遅くない。別の店にしようと、歩き出した。

彼とご飯を食べるのだから、と仕事のあと食事をせず、家に戻って着替えてここに来た。腹は空ききっていた。

——なんか、がつんと来るもの、食べたいな。それから身体を温めるために酒も。

一度、駅のロータリーに戻る。ぐるりと回って反対側の道を行くことにした。

ロータリーの一角に、小動物を売っている店があった。ハムスターや子ウサギが寒そうに身を寄せている。ガラス戸の中には、インコやオウムのかごがたくさん積み上げられていた。

——これはめずらしい。最近、犬猫のペットショップは多いけど、こういう昔ながらの小鳥屋みたいなのは久しぶりに見た。

なんだか、ほんの少し気持ちが楽しくなって、そこを離れた。

八百屋やコンビニが並んでいる道を入っていくと、通りの中程に、小さなレストランがあった。肉ランチ、と大きく書かれた黒板の看板がある。

——肉。これはいいかもしれない。

また、そっと中をのぞくと、ミート＆ワインと書かれている。特製サングリアの文字も。迷わずドアを引いた。

「いらっしゃいませ」

男性の声がして、中に案内された。カウンター席とテーブル席が二つ。カウンター席はいっぱいだったので、テーブル席に座った。

メニューには肉料理が並んでいる。

「この本日のおまかせ肉ランチというのはなんですか」

「今日は、鶏肉のトマトチーズ焼きです」

「では、それとサイコロステーキの、コンボというのにしてください」

飲み物のメニューも広げた。

「あと、スパークリングワインを」

何に乾杯するわけでもないが、ちょっと気持ちを上げたかった。一通り、注文が終わってほっとする。

「話があるんだ」

彼からそう言われたのは、離婚以来、初めてだった。

――いや、出会ってからも初めてだ。

ちゃんと話し合ったことなど、一度もなかった気がする。

付き合い、結婚し、子供を作り……短い間といえども家族になり、生活していたのだ。

それなのに。

妊娠した時も結婚する時も、話し合うというより報告する、という感じだった。お互いの状況を。

でなければ、怒って言葉をぶつけるか。

ののしり「合ったり」することさえなかった。どちらかが怒鳴れば、どちらかは黙る。

だから、話があると言われてからずっと緊張していた。

「どうぞ」

スパークリングワインが来た。

細い脚の部分をつかみ、ぐっと一気に飲んでしまった。店の人に「もう一杯」と頼む。

えー話ってなんなの？　今話してよ。

そんなふうに軽く言えたらよかったのに。

たぶん、彼の方もそれができないからこそ、昼間から飲める店を指定してきたのだろう。

「お待たせしました」

注文した、本日の肉とステーキのランチが出てきた。

がっつりと肉、という希望にぴったりなランチだった。こんもりと盛られたサラダ菜に白いドレッシングがかかったものと、ポテトサラダ、温かいスープが付いている。

しっかりと味付けされた肉は、アルコールにもご飯にも合う。スープで身体が温まった。やっと人ごこちついたような気がした。

これなら、赤ワインも合うかもしれない。

二杯のスパークリングワインがいい感じに利いてきていた。メニューを開いた。ハイボールもワインも、カクテルもさまざまな種類のものが並んでいる。夜はかなりちゃんとした酒場になるのだろう。

――ハウスワインもいいけれど……。

店の名前を冠した、特製サングリアというのに惹かれてしまう。

――柄にもなく、女子なものを。

「すみません。特製サングリアください」

ランチの前半で、すでに三杯目だった。


「犬森さんはどちらにお住まいですか」

友人が開いてくれた飲み会で、元夫とは出会った。

そういう席にありがちの軽い言葉遣いをしない人で、しかもあまりにも普通のことを尋ねるから、正直に答えてしまった。

「ああ、いいところですね。僕は世田谷に親と住んでいます」

「人気のあるところですね」

大して話ははずまなかった。ただ、男女三人ずつの飲み会で、他の四人はたまたま同郷で、やたらと盛り上がっていた。端に座っていた祥子たちは仕方なく、言葉を重ねたけれど、祥子には好ましかった。少なくとも、この時間は気まずくないように振る舞いましょう、とでも言うような相手の態度は悪くなかった。最低限の常識を持った人だ、と思った。

彼は別れ際に名刺をくれて、「よかったら、うちの会社の別の友達を呼んで、飲み会をしませんか」と言った。

ああ、私のことは興味ないけど、飲み会はもっとしたいのだなあ、と思って、いいですよ、と答えた。

あとで彼に聞いたところ、おとなしそうな祥子に、いきなり二人きりで会いましょうと言ったら断られそうで怖かったそうだ。

実際に祥子の同郷の友達と彼の会社の同僚とで、こぢんまりとした会をやったり、映画に誘われたりして、二人きりで会うようになった。

離婚して別れる時、「もう少し、じっくり付き合っていれば、よかったね」と言われた。

「どういう意味ですか」

気がつくと、まなじりを決して尋ねていた。

「結婚の前にもっと交際期間があれば、こういう結果にはならなかったんじゃないかと」

祥子の剣幕に、たじたじとなりながら、彼は答えた。

「そうかもしれないわね」

祥子は自分の中にわき上がった感情に逆に驚いて、すぐに矛《ほこ》を収めた。

しかし。

本当のところ、自分はどうだったのか。

なんだか、ずいぶん、いろいろなことが急すぎた。夫になり、父親になり、他人になるまでのスピードが速すぎて、ただの二人の男女だった時の思い出が少なすぎた。ただの男としての元夫を自分がどう思っていたのか、なかなか思い出すことができない。

祥子はグラスを傾けながら、目の前を見る。

二人掛けの席の向かいには、誰も座っていない。

本来なら、そこにいるはずだった男。

――私は好きだったよ。

心の中で話しかけていた。酔っているな、と思った。

——あなたが来ないんだもの。三杯も飲んじゃった。

義徳は、「もう少し時間をかけられたら……」と言った。時間をかけたらなんだというのか。うまくいった、というのか。

いや、そうではなかった。

祥子はあの言葉の中に「もう少し時間をかけていたら、結婚なんかしなかったのに」という響きを見つけて悲しかったのだ。

話し合いがずっとできなかった。

今もできない。待ち合わせ一つとっても、うまく意見をすり合わせたり、「予約を取っているの？　雨が降っていたら中に入って待っていていい？」と聞くことができない。

最初からずっとそうで、妊娠してからはさらに何も言えなくなって、離婚してからは昨日までほとんど何も話していない。

なじむ、ということができないまま、ここまできてしまった。

でも。

自分は彼が好きだった。最初から好ましい顔だと思っていたし、物腰も柔らかかった。

最初から、感じがよい、以上の感情があった。少なくともあの頃は。しかし、本当のところ、それをちゃんと彼に伝えたことがなかった。

そして、今は、素直に好きだと言えるような感情でなくなってしまっている。結婚生活を続けるうちに許せないところも見えてきたし、本当に大切にしてほしい時に何もしてくれなかったこともあった。

きっとそれは向こうも同じだろう。

サングリアはジュースのように甘く、どんどん喉を通っていく。いくらでも飲めてしまう。

「もう一杯、お願いします」

カウンターの中にいる、二人の若い男性スタッフが顔を見合わせたのがわかった。気がつかない振りをする。

元夫が何日も続けて深夜に帰ってきた時期があった。

育児と義母への気遣いに疲れ切っていた祥子は先に寝てしまっていたから、ずっと気がつかなかった。

その頃はもう、祥子は子供部屋に布団を敷いていて、夫婦の寝室さえも使っていなかった。

ある夜、声をひそめて電話する声に目が覚めた。

「ううん、違うよ。そう。いや、別に。そういうわけじゃない。君は気にする必要はないから」

否定的な言葉をつなげながら、その口調がどこか甘かった。

しびれる頭の中で、それが部屋の外から聞こえてくるとわかった。昼間の育児で身体は石のように重く、やっと眠った娘が自分のわずかな動きで起きてしまうかもしれない、と恐れる気持ちもあった。それでも、どうしても確認せずにいられなかった。

そっと部屋のドアを開けると、彼は二階に上がる階段の下で電話をしていた。

「じゃあ、また明日。いや、もう今日か」

夫は含み笑いしていた。祥子がしばらく見ていなかった表情だった。切れたとたん、祥子は彼の真上から話しかけた。

「どなた？」

「え」

見上げた彼の顔に驚愕《きようがく》の表情が浮かんでいるのが見えた。それだけで十分だった。

「今の電話、どなた？」

「会社の……後輩」

「そう」

後輩かもしれないが、それは女性だろうと思った。

「……お疲れさま」

二人は暗闇の中で見つめ合った。あんなにかっちり目を合わせたのも久しぶりな気がした。

「起こしてごめん」

「いいの」

両親の動揺《どうよう》に感づいたのか、子供部屋で娘が火がついたように泣き始めた。

「ごめん」

「いいのよ」

娘の泣き声を聞きながら、祥子はどうしても、そこを動けなかった。両手で自分の顔を覆った。涙があふれてきた。

「もう、いいのよ」

義徳はそれに答えず、階段を上って祥子のわきをすり抜け、子供部屋に入っていった。よしよし、とあやす声が背中に聞こえた。

それでも、嗚咽が止まらなかった。そんな状況でも、頭の端で、これ以上娘を泣かせたらお義母さんが二階に上がってきてしまう、と恐れていた。

夫が深夜に後輩と話していることより、子供の夜泣きより、それが一番怖かった。

離婚の話し合いが始まったのは、そのあと、すぐだった。

けれど、あの夜のことは一言も話していない。

夫に多少、親しげに話す女がいても、毎晩遅く帰ってきても、別にいいような気がした。

ただ、彼らの家から逃げたかった。

でも今考えると、本当は真実を聞くのが怖かったのかもしれない。

ちゃんと話し合っていればどうだったか。

自分たちは、もう少しましな別れ方をしていたのか。

——ねえ。

祥子は目の前の椅子に、不在の元夫に声をかける。

——あなたは私とまだ話し合いたい？

今さら何を話すのだ、と祥子の身の内から、声がわき上がる。

——もう遅い？　でも、私はもう一度話し合わないと、どこにも進めない気がする。進む先はわからない。それでも、あなたとまた対峙《たいじ》する必要がある。

あの夜、彼が話していた電話の相手は誰なのか。それ以上に、あの時、彼が娘をあやしてくれたのがとても嬉しかったこと。祥子のわきを通り抜けながら、頭をなでてくれたのを今でも意味なく思い出すこと。

そんなすべてのことを話すことができたらどんなにいいだろう。

ちゃんと話せるだろうか。

雨に濡れながら、待ち合わせの約束一つ、ちゃんと確認できない間柄。

自分はずっとガラス戸の外から、彼を見つめることしかできないような気がした。

第十酒　秋葉原　からあげ丼

目が覚めた時、一瞬、自分がどこにいるのかわからなかった。

まず、真っ白な天井が見えた。そして、自分の周りが低く白い枠に囲われているのに気づいた。壁の一部にピンク色の花模様がある。それをじっと見て、ここが女性専用のネットカフェだと思い出した。

——私、泊まったんだった。秋葉原《あきはばら》に。

スマートフォンを手に取って時間を確かめる。十時過ぎだった。

——ナイト料金、いくらだっけ？　八時間までナイト料金なんだっけ？　何時に入ったんだっけ？

考えているうちに、じわじわと昨夜の仕事を思い出した。悪夢のような一夜を。

二日前、お客さんからお前に預かり物がある、と社長の亀山に言われて、事務所に取りに行った。

部屋に入ると、奥の机の前で亀山がマンガを読んでいた。

「これ、ほら、あの矢代愛華先生から、この間のお礼だって」

それは新宿に住んでいる漫画家の先生から勧められたマンガで、イケメンが女性の添い寝をしてくれる話を描いたものだった。

「あ、覚えていてくれたんだ。て言うか、先に読んでるってひどくない？　私がもらったのに」

「おれが社長だ。うちも若いイケメン、入れるかな」

マンガ本はかわいい紙袋に入っていた。ずっしりとした重みが、そのまま愛華からの感謝の気持ちのように感じて嬉しくなった。

「悪いんだけど、三十一の男の家に行ってもらうことはできないかなあ。おれの友達なんだけど」

これまで、異性一人のところで仕事をしたのは、十条の堀田安雄だけだった。

「つまり、同い歳？　あんたの友達？」

「大学時代のクラスメートでさ。この間、銀座で飲んでたら久しぶりにばったり。向こうは接待の途中でさ、お互い、終わった後で待ち合わせて飲んだの。仕事の話をしたら、ぜひ頼みたいって言われた。なんでも、夜よく眠れないんだって」

「あんたが行けばいいのに」

「おれが行ったら、ただ、友達が遊びに来たのと同じだし、銭《ぜに》は取れないだろう？」

「どんな仕事をしてる人？」

「外資系証券会社の日本部門の副支社長。昔から仕事だけはできるやつなんだよ」

「三十一で副支社長？」

「仕事はできるって言っただろ。給料は聞かなかったけど、めちゃくちゃな金持ちなことは確かだ」

「で？　どんな人？」

亀山は一瞬、眉《まゆ》をひそめた。

「悪いやつじゃないけど、ちょっと癖があるんだよなあ」

「癖？」

思わず、心の中で、漫才コンビ「千鳥《ちどり》」ノブのギャグ、「癖が強い」を思い出して、笑いそうになる。

「秋葉原のタワマンに住んでいるらしい」

「あのあたりにタワマンあるんだ」

「交通の便がいいところだからな。わりとアイドルとか好きなやつだし、どこにでも住める金はあるけど、そういう場所が好きらしい。仕事場も大手町《おおてまち》だから近いし」

アイドル好きなことが「癖が強い」理由なのか。亀山は趣味で人を判断したりしない人間だけど。

「少し前まで、歌手のKに入れあげて、追っかけをしていた」

Kは顔はアイドル系なのに、歌は実力派で一時、カリスマ的人気を博していた。

「前に会った時、真顔で『俺はKと結婚すると思う。マジで。向こうも俺のことが好きなんだ。コンサートに行くと目が合うんだ』って言ってたのにはちょっと引いた」

ちょっと引いた、どころか祥子はどん引きだった。

「まあ、Kが結婚したから、それは冷めたわけだが」

思いこみが激しいタイプの男なんだろうか。それはそれで面倒だ、と祥子は考えていた。

「今は、結構、人気のある、有名地下アイドルを追っかけてるんだと」

「人気のある、有名な、地下アイドルって、矛盾《むじゅん》してない？」

「まあな。けど、あいつは金は底なしだから、結構いいところまでいってるんだってよ。おれが言うのもなんだけど、顔も悪くない」

「金も顔もある男がなんで、アイドルに？」

「それ、偏見」

亀山は祥子の顔をずばっと指さした。

「偏見じゃないよ。ただ、不思議なだけ」

「どうするよ?」

祥子が思案顔なのに、亀山は言い放った。

「男だからって、そういうことを心配する必要は一切ない」

「そういうことって」

「だから、エッチ関係のこと。あいつは女は、二十前後、いや、ほぼ十代にしか興味ないから。祥子のことを女として見ることはない」

「あっそ」

「そういう女が必要なら、いくらでも呼べる。女には苦労してないし、金はうなるほどあるんだから」

そういう、とかぼんやりした言葉ばかりで誤魔化しているな、と思った。

「やつにそんな度胸はないよ。会社もしっかりしたところだし、根は気の弱い人間なんだ。眠れない、っていうのは口実で、一度、同じくらいの歳の女が家にいる雰囲気を知りたいっていうこともあるらしい。あいつもいい歳だから、そろそろ結婚しろと親にせっつかれてるんだって。お見合いの話もあるんだと。けど、同年代の女と付き合ったことがないから、どんなもんか知りたいんだって。グチでも聞いて、帰ってくればいい」

「そんな人は親に勧められた結婚なんてしない方がいいと思うけどね。お互い不幸だわ」

「失敗している、お前が言うな」

「うっ」

「不幸になるのがわかってても、金持ちと結婚したいっていう女がたくさんいるから困るんだろ」

「なるほどねえ」

心から納得したわけではないが、そういう人ならまあいいか、と思って承諾してしまった。

「ここね、家賃、三十七万」

祥子が玄関で靴を脱ぐために下を向いた時に、依頼人の新藤剛志《しんどうたけし》にいきなり言われたのがそれだった。

「あ、そうですか」

「でも、大したことない。俺、月収だけで二百万以上だから」

「……そうですか」

顔を上げると、しっかりした眉毛、髪はわずかに天然パーマ、くっきり二重……まあ濃いイケメンとも言えなくもない顔立ちだが、一昔前の残念なイケメンだ。

ただ、こういうタイプは、母親や祖母にちやほやされたりして、実力以上に「顔も中身もイケてる俺」と思っているやつが多いんだよなあ、と最初からげんなりした。

ダイニングルームに入った。思った通り、モデルルームに置いてあるような、黒革のソファとガラスのテーブルがあった。大きな窓から、東京の夜景が一望できる。

「あんまり驚かないね」

「え？」

「わあー、すごい夜景、とか言わないね」

「……タワーマンションに来るのは初めてではないので」

「ふーん」

新藤がつまらなそうにうなる。

「駅からすぐのこの高さで、この方向なら、こういう景色だろうと予想できたので」

自分の反応が薄いのは、決してあなたのタワマンのせいではない、ということを説明しようと言葉を添えると、新藤はますますつまらなそうな顔になった。

何かを勧めてくれる様子もなく、彼は長いソファに座った。祥子は対になっている、一人掛けのソファにおそるおそる腰かけた。

「このソファ、なんかめちゃくちゃ高かったんだよな。なんかデザイナーの。そんなの興味なかったんだけど、内装を頼んだインテリアデザイナーがどうしても必要だって言うから」

祥子は改めて、自分が掛けているソファを見下ろした。確かに、雑誌か何かで見たことがある、有名なデザインだった。

「今の会社は四つ目なんだよね」

聞いてもいないのに、唐突に話が変わった。

「大学出て、まずは日本の証券会社に入って」

彼は日本で一番大きい証券会社の名前を挙げた。

「しばらく普通に働いていたんだけど、なんか飽きちゃった。お金も貯《た》まったし海外にでも行こうかと思って、やめまーす、って言ったら、引き留められたの。ロンドンでしばらく遊びたいって説明したら、俺のために、ロンドン支社に新しい部門を作ってくれて、そのチーフマネージャーになって」

「つまり、あなたを引き留めるために会社に役職を作ったってことですか？」

「そう」

彼はやっと、我が意を得たりと、得意そうに笑った。

「でも、やっぱり、二年くらいで飽きちゃって、その会社はやめちゃった。ロンドンでファンドに勤めて、そこのアジア部門のトップになって、日本に帰ってきて、ヘッドハンティングされて×××に」

×××はアメリカの自動車メーカーだった。

「経理部門のトップになって、その後また、今の会社にヘッドハンティングで移って」

「月給二百万ていうのは、手取りですか？　額面で？」

「……額面」

「税金とか年金とか引く前？」

「そう」

それでもすごいもんだ、と内心感心していると、新藤が言った。

「お前、ちょっと黙っててくれねえかな。お前がしゃべるとなんか狂《くる》うんだよ、調子が」

「あ、すいません」

「そこに黙って座ってろ」

彼は続けざまに、給料はいくらでも上がるので好きなように使っていること、家賃の他には好きなようにご飯を食べてアイドルにも「湯水のように」金を使っていること、けれど、夜はほとんど接待だし、定食屋のメニューのようなものが好きなので、なんとなくお金が貯まってしまうこと、などを気持ちよさそうに話した。

「節約とか、なんなんだろうね、意味がわかんないんだよ」

祥子はうなずくのもむかつくので、一瞬、彼の顔を見ただけだった。

「結局さ、男って、ある程度デキるようになると、お金、使わなくてもよくなるのね。昼も夜も接待したりされたりで誰かがおごってくれるし、雑誌も新聞もジムもカフェも会社にある。ブランドものは興味ないし、っていうか、ブランドみたいな目に見えない価値で、原価に何倍も乗せて値段付けているものを買うのって、俺みたいな種類の男としては敗北なわけ。金を使う価値があるのは、旅行でいいホテルに泊まるのとタクシーくらい」

祥子は返事をする代わりに、小さくため息をついた。彼に聞こえないくらい、ごくごく小さく。

「やっぱ、反応ないのもつまらないな」

「私はかまいませんけど」

聞いているふりをしていればいいのだから、楽だった。

「相づち程度ならしゃべってよし」

「だから、私は黙っていてもかまわないんだって」

思わず口調が荒くなってしまう。

「しゃべれって」

彼の話の中には、定食屋のご飯が好き、というところ以外、まったく同意できるところがなかった。

「だから、結婚とか無駄としか思えないわけ。デキる男って例外なく独身だよね。若いうちに一度結婚しててもバツイチとか。なのに、親がうるさくて」

「ご出身はどちらですか」

「名古屋。一度は結婚してほしいって言われている」

「しない方がいいと思いますよ。お互いにとって不幸です」

あなたと結婚することは、と心の中でつぶやく。

「だよね、祥子さんもバツイチなんでしょ。亀山から聞いたよ。子供いるんでしょ。それ、旦那《だんな》に押しつけたって、なかなかやるよね。あー、勘違いしないで。俺にとって、三十過ぎのバツイチとか、論外だから」

もう、反論する気もなかった。

「今、かわいがってる、地下アイドルの子、最初、ファンと恋愛とかはしません、とか言ってたんだけど、ライブ行くたびに物販で十万とか使ってたら、あっさり俺に惚《ほ》れちゃってさ。なんか、結婚してほしいみたいなんだけど、どうするかなあ。ブログに料理の写真上げてるから奥さんには良さそうなんだけど、ブランドとか好きなんだよ。そこだけがバカでさ。何度もブランドなんか金の無駄だって、教えてやってるんだけど、わかんないわけ。会うたびにあれほしい、これほしいって……まあ、バカな方がかわいいっていうのもあるから、結婚してやってもいいなあとは思っているんだけど、相手も今通ってる大学だけは出たいって言っているし」

「大学って、彼女いくつなんですか」

「十九かな。ぎり、十代ね」

嬉しそうににやにや笑って、のたまう。

「あ、十九とか刺激的過ぎた？　三十一のおばさんにはちょっとかわいそうだった？　でも、仕方ないよね。俺、三十代にはぜんぜん興味ないし」

「その彼女、あなたに惚れているそうですけど、それはどうしてわかったんですか」

素朴な疑問だった。

「ライブで何度も目が合う」

「え？　それだけ？」

何かの聞き違いかと、思わず声が出てしまった。

「俺にはわかるんだ。その目が本気なの。それから、個人的なLINE交換していて、直で連絡取れるし、試験とかで忙しくなければ、月二ぐらいで会えるし、彼女、実家が八王子《はちおうじ》だからさ、帰りのタクシー代に五万ぐらい渡すだけで、すぐに来てくれる」

「なるほど。彼女から会いたいって連絡は来るんですか」

客の事情には基本的に踏み込まないと決めていたが、新藤には祥子の何かが刺激された。強《し》いて言えば、それは異性に対する疑問だった。男が皆、新藤のようなものだとは言わないが、彼のような一面がある気がしていた。頭がいいと自負している人でも、他人にはどうしても理解できない「抜けた」部分を必ず持っている。

「来るよー、今月、ライブとかたくさん入ってて忙しくてバイト行けなくて、ピンチなんで、援助お願いしまーす、とかね。ああいう、本音ってさ、身元がしっかりしてて、金を持ってて、精神的に余裕のある、俺みたいな人間にしか言えないんだろうな」

「そういう関係なんですか」

亀山と話した時に彼が散々使った、そういう、という言葉を自分も使ってしまって笑いそうになった。

「そういうってセックス？」

「はい」

「いや、彼女と個人的に会うようになってから、まだ二ヶ月ぐらいだから。ちょうど生理とかと当たっちゃって」

「なるほどー」

自然、語尾が長くなってしまった。なるほどーーー。

「俺みたいな人間にしか、弱音吐けないから、大変だよね、アイドルも」

「彼女があなたに本当に好意を持っているかはともかくとして、なんでそんなにお金を使っているんですか？」

「え」

新藤は祥子の言葉の意味がわからないのか、目を見開いた。

「新藤さんにとって彼女は、新聞やジム以上にお金をかける価値がある存在なんですよね？」

彼の顔をのぞき込んでも、反応はなかった。

「でも、教えてほしいんです。そんな大金を費やしてもいいほど、新藤さんに彼女が与えてくれるものってなんですか？　それだけの費用対効果がある存在なんですよね？　月に十万？　二十万？　それ以上でしょうか。それだけの何かを彼女は新藤さんにもたらしてくれるんですよね？　癒しでしょうか、愛情でしょうか、それとも別の何かですか？　それを教えてください」

本当に純粋に知りたかった。

新藤は答えなかった。ただ、小刻みに膝《ひざ》を揺らしている。その手にはスマホが握られていた。

「ブランドバッグの原価率がわかる新藤さんなんだから、何か、明確な価値を認めているわけですよね？」

じっと黙って返事をしない彼を見て、あれ、私、まずいことを言ってしまったのかな、と気が付いた。

「あ、答えたくなければ、答えなくてもいいですけど……すみません、単純に疑問だったんで」

「……出て行け」

「え？」

「すぐ、この家から出て行け！　俺の部屋から出て行けー！　ここは俺の家だ！」

新藤は、祥子の首筋を子猫のようにつかんでドアの外に連れ出した。

新藤のマンションを出たのが、深夜二時だった。

そう寒くない時期だし、東京のど真ん中だから、大きな危険があるわけではないものの、深夜に街に放り出されたことにショックがあった。

亀山に電話すると、驚くほどすぐに出た。彼も多少の不安があって、気にしてくれていたのかもしれない。

「どうした。祥子、なんかあったのか」

せっぱ詰まった声に、逆に申し訳ない気がした。

「いや、そういうわけじゃないんだけど」

これこれこうだった、と手短に説明する。話しているうちに、秋葉原の大通りに出た。

「悪かった」

電話の向こうで、亀山ががっくり肩を落としているのがわかった。

「ううん。私も言い過ぎた。あんたのお友達なのに、もうあのお客さんはだめかもしれない。ごめんなさい」

「どうしようか。おれがすぐ電話するから、部屋に戻るか？　それともタクシーで帰ってもいいぞ。タクシー代は出すから。それとも、迎えに行こうか」

「いいわ。開いている店も多いし、ちょっと時間がつぶせそうなところがあったら入る。漫喫《まんきつ》とかもありそうだし、お茶も飲めそう。ちょっと落ち着いてから、家に帰るか決める」

「わかった。どこか場所が決まったら、メールでいいから連絡して。心配だから」

電話を切ると、自己嫌悪の感情がわき上がってきた。

いけすかない男だというものの、新藤は客だ。それに、ひどい男尊女卑の勘違い野郎ではあっても、祥子を故意に傷つけようとする底意地の悪さは感じられなかった。ただ、無神経でバカなだけだ。そんな単純な男の機嫌を損ねるようなことを言ってしまうなんて。

――私もまだ半人前だ。適当に聞き流せばよかった。でも、いろんなことに割り切れた人かと思ったから、あの程度の質問で怒るなんて予想しなかった。お客さんには自己主張しないように心がけていたのに。

バカは私だ、バカバカ、と小さくつぶやいた。

アイドルのことはともかく、彼のお金に対する理論については、賛同できる点もあった。だからこそ、話の通じる相手かと思って、つい正直な気持ちを尋ねてしまった。

とりあえず、インターネットカフェか二十四時間営業の店で時間をつぶそうと思って、スマホを出した。検索しているうちに、女性限定のネットカフェを見つけた。

――八時間二千円くらいか。きれいそうだし、これはいい。

そうして、朝を迎えた。

ネットカフェを出ると、十一時前だった。少し歩いてみよう、と浅草橋《あさくさばし》方面を目指した。

――しっかり休んで眠ったはずなのに、元気が出ない。自己嫌悪がまだ続いているのかな。

横断歩道を赤信号で立ち止まった。顔を上げると、黄色い看板が目の中に飛び込んできた。

からあげ丼五百円。ハイボール百八十円。

シンプルだけど、力強かった。

――何、この、今私に一番元気を与えてくれそうな言葉。

思わず小走りに道路を渡った。店は十一時からで、ちょうど開店したばかり。生真面目そうな表情の若い店員が奥の席に案内してくれた。

メニューを開くと、からあげ丼というのはから揚げ五個から十五個まで個数を自分で選べ、大盛りも無料だという。写真で見るかぎり、一つのから揚げがやたら大きい。

――これはこれで惹かれるが……。

他に、チキン南蛮《なんばん》丼六百円など、別の味付けのものもある。

「ご注文は？」

「この、チキン南蛮丼ください。それから……」

祥子はそっと、ハイボール百八十円を指さした。

「今の時間、ハイボールって頼めますか？」

「あ、いいんですけど」

気のよさそうな若者はちょっと眉をひそめる。やはり、こういう回転の良さそうなリーズナブルな店で昼から飲む客は迷惑なのか、と気後れしていたところ、「ハイボールは消費税などがかかって二百円になっちゃうんですけどいいですか？」と言われた。

「もちろん。大丈夫です！」

――アルコール付きで、八百円。十分安いです。

待っている間に、次々と客が入ってきた。作業着で五人六人で連れだって来ている人もいるし、営業中なのか大きな荷物を持ったサラリーマンもいる。皆、から揚げ十五個にご飯大盛りね、と注文している。

――見たーい！　から揚げ十五個に大盛りご飯の丼が見たーい！

「お待たせしました」

一足先に祥子のチキン南蛮丼とハイボールがどん、と置かれる。こんがり茶色く揚げられたチキンは丼からはみ出そうなくらいの大きさで、暴れるように端がはねている。たっぷりとタルタルソースがのっていた。

まず、タルタルソースが付いた、甘酢《あまず》チキンを頬張った。

――暴れチキン、おいしい。こっちにして、正解だった。ハイボールに絶対合う。ジョッキに入ったハイボールはちょっと薄目だった。しかし、百八十円なんだし、昼間だからこれで十分。チキン、ソース、ご飯、ハイボールの相性がすばらしい。落ちていた気持ちがどんどん上がってくるのがわかる。

十二時前に店はいっぱいになった。ぐるりと見回して、この店で女は自分一人だと気づく。

――どこもかしこも、女子に占領される現代、こんなに男子率の高い場所は貴重かもしれない。

祥子の次に入ってきた、作業着の一団の前に、からあげ丼が運ばれる。十五個、大盛り丼はさすがだ。丼の倍ほどの高さがある。いただきます、と言いながら皆もどかしそうなくらいの勢いで箸を割り、食べ始めた。

――しかし、これだけ男子がいても、私の注文が一番、男らしいかもしれない。へへへへ。

さらに、ぐいぐいとハイボールを飲み、チキンを食べた。
大盛り丼を注文した男性たちも、口の中にから揚げと白飯を次々と放り込んでいる。
――私は生きているし、健康だ。元気出そう。へこたれてなんかいられない。
さあ、今日も生き抜かないと。
小さく声を出して、祥子は丼に向かった。

第十一酒　新丸子リベンジ　アジフライ

三度目の正直ですね、というメールが元夫から届いた。

三度目？　二度目ではないですか、と返事を書いたが、それについては言及がなく、ただ、「では、この間の店に同じ時間でお願いします」とあっただけだった。

彼の言う、三度目、とはいったいどういう意味だろう、前にも何か、約束を違《たが》えたことがあったかしら、と考え考え、電車に乗った。

前の店、というのは、中華屋とも居酒屋ともつかぬ、昼間から飲めることで有名な食堂だった。

十二時の約束で、十分前に店に着いた。開店まで待つつもりで店の前に立つと、すでに中に客がいるのが見えた。がらがらとガラスの引き戸を開ける。大きな店で、縦長《たてなが》にテーブルが並んでいた。常連らしい客たちが何人か座っていた。開店前に入れるのは、暗黙の了解らしい。

でも、店の前で待ち合わせだから、と一度引き戸を閉めようとしたところに、後ろから「早いね」と声をかけられた。

迷い顔で店をのぞいていたのを見られた。無防備な後ろ姿をさらしたのが、どこか恥ずかしくて、顔が熱くなった。

「もう開店しているみたい」

「そうらしいね」

夫だった人は祥子の戸惑いなど気づかず、さっさとのれんをくぐった。

「二人、ここ、いいですか」

彼は気安く若い女性店員に声をかけて、一番端の列の入り口に近い席に座った。祥子に奥の席を勧める。

「ありがとう」

「いや」

久しぶりに顔を合わせた。向かいに座るのがまた、恥ずかしい。

彼も同じ気持ちなのか、顔を横に向けている。

三度目の正直とはなんなのか、と口を開きかけたところで、「生ビールからいく?」と彼が先に言った。

「え?」

「いや、祥子はいつもビールだったと思って」

気恥ずかしさから目を合わさないのかと思っていたら、店の壁に貼られているメニューを見ていたらしい。テーブルにメニュー表はなくて、古式ゆかしいプラスチックや紙の札がずらりと壁に並んでいる。五十、百？　とっさには数えられそうにないほど多かった。

「ビールにする」

「じゃあ、僕も」

「本当にお酒、いいの？　仕事中なのに」

前にも聞いたことを改めて尋ねた。

「いい。お得意さんに飲まされた、と言えばいいから」

ほら、僕、顔色が変わらないから、と笑った。

そうだった、昔からアルコールで赤くならない人だった。

「何、頼もうか。食べたいもの、適当に選んで。ここはなんでもおいしいから」

そうねえ、とメニューを見ながら、祥子は遠慮気味だった。彼は生ビールを運んできた女性に、「ねぎ肉炒め、アジフライ、ポテトサラダ……それから、刺身なんかもらおうか」などとぽんぽん楽しげに注文する。

「来たことあるの？」

「あー、うん」

「やっぱり、仕事の合間に？」

「まあね」

進んで話さない様子に、まるで尋問のようだったか、と口をつぐんだ。

「じゃあ、乾杯」

彼がジョッキを取り上げた。

「乾杯」

小さく、グラスを合わせた。

「仕事は順調？」

「うん」

「前にも聞いたけど、見守り屋って何するの？」

仕事と住むところが決まった時、報告だけはしてあった。

「文字通り、見守るの、人を」

「どんな人？」

「いろいろ。子供やお年寄りが多いかな。若い人もいるけど。あ、犬とかペットも」

「そんなに仕事あるの？」

「意外とね。昨日も……というかもう今朝ね、仕事してきた」

「うまくやってるみたいだな」

「今のところ、なんとか。あなたは？」

「こっちもなんとか、順調。言ったっけ？　少し前に次長になった」

「あ、おめでとう」

「ありがとう」

「忙しくなるの？　仕事」

「ちょっとね。ああ、でも、明里のことはちゃんとするから」

娘の状況を聞こうと思っていたのに、先を越されてしまったような感じだった。ちゃんとしている、と彼が言っているのに、さらに重ねて尋ねるのは、同居もしていない自分には資格がないような気がした。

「どんなお客さん？」

「え？」

「今日の、君が見守りした人」

「今朝は、めずらしく、中年というのかしら、五十くらいの女の人だったわ」

「へえ、めずらしいんだ」

「そういう人は一人でいることが少ないのね。子供がいるか、結婚しているか、でなければ、親の介護をしているか。なんというか、人の面倒を看《み》る側の世代なのね」

「ああ、なるほどね」

「花盛り、という言葉があるなら、人の面倒看盛り」

「看盛り、というのはいいね」

彼はおもしろそうに笑ってくれた。祥子はなんだかほっとした。

「中年女性は見守ってもらうことは少ないの、見守る側だから」

「そうだろうね」

「だけど、今日のお母さんは違っていた」

「お母さんだったの？」

「そう大学生の子供のお母さん」

祥子は今朝まで一緒にいた、市川《いちかわ》こずえを思い出した。

「こんなことをしていいのかしらねえ」

こずえは祥子と一緒にいる間、何度も何度もそう言った。

「こんな贅沢、ただ、人と一緒にいるためだけにお金を使っていいのかって思うのよ」

雇われた側の祥子はなんとも言えず、黙っていた。適当なことを言うと、気休めに聞こえるかもしれないと思った。

「娘に仕送りもあるんだけど」

「仕送り……月においくらですか」

「八万。学費は別でね。学生寮に入ったの。それでもアルバイトが大変らしい。あのあたりはアルバイト料が安いから。でも、私が送れるのはそれがぎりぎりだから」

弱々しく笑った。

こずえはシングルマザーで、一人娘がこの春、東北の国立大学に入ったばかりだと聞いていた。

「そんな人がどうして、見守りなんて頼むの」

亀山に電話をもらった時、祥子も首を傾げてしまった。

「なんだか、眠れないんだと。娘がいなくなってさびしいらしい」

「だったら、心療内科にでも行って眠剤《みんざい》もらった方がいい。保険も利くし、話も少しなら聞いてもらえる」

「知らねえよ。だいたい、こっちの商売になりそうなのに、どうして断ることがある?」

「だって、あこぎじゃないの」

「それより、お前、眠剤なんて言葉、すらっとよく出てきたな、飲んでるのか」

「……飲んでない。そのぐらい常識よ」

嘘だった。離婚したばかりの頃、何度かお世話になっていた。今は飲んでないが。

「とにかく、行ってこい。呼ぶのは向こうだし、なんか理由があるのかもしれないから」

市川こずえは痩せて、少し姿勢の悪い人だった。顔色も決してよくなかった。自宅は武蔵小金井《むさしこがねい》の小さなアパートだ。小さなキッチンに二部屋、２Ｋという間取りだろうと祥子は考えた。キッチンの窓のところに空き瓶に入れた野の花が飾ってあった。娘と二人だったという女所帯らしい、質素で柔らかさのある部屋だった。この部屋に住んでいるこずえにもその娘にも好感を持った。

「どうして、この仕事を知ったんですか」

珍味を口に入れてしまってその味がわからないというような表情をしている、こずえに尋ねた。そのあたりから話すのが一番よさそうだった。

「検索したのね、スマホで」

彼女の手には、紺色で花柄のケースに入ったスマートフォンががっちり握られていた。ふっと、そのケースは娘と色違いのおそろいなのではないか、と思った。こずえの持ち物にしては華やかだったからだ。

「見守り屋を？」

「いいえ。最初は家政婦業というか、なんでも屋みたいなものを探していたのね。頼むのではなく、私が働きたいと思って」

「そういうご事情だったんですね」

「今、近所の漬物会社で事務の仕事をしているの。娘が幼稚園のころからパートで働いて、社長さんのご厚意で社員になったの。もう十年以上になる。大きな会社じゃないけど、皆いい人ばかりで社員になれた時は嬉しかったわ。それと、休日と早朝はお弁当屋さんでパートもしてる。少しでも稼いで仕送りしたくて。さらに、ちょっとした隙間時間にも家政婦なんかだったらもっと仕事ができるんじゃないかって探してたの」

「なるほど」

それほど、必死に働いている人に呼んでもらったのかと思うと、身が縮む思いだった。

「家政婦やなんでも屋ができないかって思ったのは、それだけじゃないの」

「はい」

「娘が大学に入って、いろいろ考えたの。これまで働いてきて、資格も特技もない自分が、吹けば飛ぶような存在だっていうことはよくわかってる。今はちょっと景気が良くて時給千円の仕事もあるけど、これがいつまで続くかなんて誰にもわからない。他にも自分ができることを探しておこうと思って。いろいろやってみたいの。歳をとってもできることを探さないといけないし。子供に迷惑はかけられないから」

離婚して独り身、一緒にいられない娘がいる祥子には、すべて突き刺さる言葉だった。

「こずえさんはすごく頭のいい方ですね。私がこんなこと言うのも、なんですけど。それに、しっかりしている」

「たいしたことない。ただ、怖いだけ、将来が。娘が五年生の時に、主人が死んだの、くも膜下出血で」

何も答えられなかった。

「知人の中には、浮気されたりするよりましじゃないの、と言う人もいたの。夫は最後まで私たちを大切にしてくれたから。だけど、私からしたら、生きている方がずっとよかった。もしも、私が倒れても、誰かしら、娘のことを考えてくれる人がいると思えた方がまだましだった。だけど、私には誰もいなかった。ただただ、娘のために走ってきたら、気が付いたら誰もいなかった。友達がいないの、話をできる人もいないって気がついたの」

そういうことだったのか。そういうことで、自分を呼んでくれたのか、と祥子は知った。

「娘が大学の寮に入った、その夜にわかった。今、自分が電話やメールをして話せる人が誰もいないと。娘以外に」

一人の夜が怖いの、とこずえは下を向いた。

「……実は私の方も市川さん……シングルマザーで大学生のお嬢さんがいる方に呼ばれたと聞いた時、驚いたんですよね」

祥子は両手で顔を覆っているこずえを見ながら言った。

「驚いたのは二つです。そんな、無駄遣いできない人がどうして、というのと、一人娘が良い大学に入り、子育てが一段落した、そんな幸せの絶頂にいる方がどうしてって」

「幸せの絶頂?」

こずえが顔を上げる。

「幸せでしょう。だって、優秀なお嬢さんがいて、その子を育て上げたんですよ。うらやましく思う人はたくさんいると思いますよ。私もうらやましいです。幸せです。こずえさん」

「……こずえさん、と呼ばれたのは久しぶりだわ」

しばらくして、彼女はつぶやいた。

「そういう話をするのか」

元夫、義徳はつぶやいた。祥子は微笑んだ。

「そういう話をするの」

注文した料理は次々と運ばれてきた。

アジフライはからりと揚がっていて、ねぎ肉炒めは長ネギがたくさん入っていた。祥子はビールを飲みおえてしまった。彼の方のビールはまだ半分残っていた。仕事中のアルコールも大丈夫だ、と勇ましいことを言いながら、さすがに、それ以上飲むのは控えているらしい。

義徳に次の酒を勧められて、祥子はにごり酒をもらった。すぐに、ワイングラスになみなみと入った酒が届いて、こんなに量が多いとは思わなかった、と目を合わせて苦笑してしまう。やっと彼と目が合った。

アジフライをがりりと噛んだ。アツアツで臭みがなく、脂っぽくもない。

あつつ、おいしい、と思わずつぶやいてしまう。

「祥子、外食する時は結構、揚げ物食べてたよね。家では作れないからって」

気づいていたのか、と少し嬉しくなった。それで、つい言い返した。

「あなた、長ネギ、好きだったわよね」

彼は照れたような表情になった。

「覚えてたの？」

「もちろん。最初に、食べ物で好きなものは何？　って話をしていたら、じっと考えて『ネギ』って言うから驚いた。ネギとか好きなものとして、カウントしてなかったから」

「変かな」

「好きなものと言ったら、焼肉とかラーメンとか、ご馳走感のあるものじゃない？　普通」

あの時、祥子は「お寿司」とか「コロッケ」とか答えようとしていたのに、「胡麻《ごま》」と言ったのだった。なんだか、彼を意識してしまって。もちろん胡麻は好きだけど、すべての食べ物の中で一番ではない。

あの時、私は……と話しかけた時、義徳が言った。

「実は、再婚の話が持ち上がっているんだ」

思い出話用の笑みが顔に張り付いたまま、祥子は聞き返した。

「え？」

「再婚」

彼は少し、うつむきがちに箸を使いながら、淡々と話した。

「会社の女の子で、よくやってくれる人がいてね。いつも仕事を手伝ってもらってたんだけど、一度、明里と二人で動物園に行っていた時、どうしても僕がチェックしなくちゃいけない案件ができて、書類を届けに来てもらったんだ。僕が資料を読んでいる間、明里と園内を一緒に回ってもらって、それで……」

　彼女と娘は彼も交えて三人でも会うようになって、そして、少しずつ、彼と彼女の間も近づいていった。そして、彼が結婚を申し込んだら、OKしてくれた。

「何より、明里とうまくいってて、二人はとても仲良しになった。彼女も子供好きだし、ぜひ、うちの家族の一員になりたいと言っているんだ」

　再婚話が持ち上がっている、という言い方をしたけれど、それは彼らのどちらかが積極的に勧めた、恋愛を経た結婚ではないのか。今時、データならスマートフォンでも送れるのに。自然な成り行きを装っているけど、彼らにはもっと前から気持ちの行き来があったのではないか、それに何より、その女はあの時、義徳が電話していた女性なのではないか。

「……そうなの」

　言いたいこと、聞きたいことはいろいろあった。けれど、祥子の口から漏れたのは、そんな相づちだけだった。

　祥子が何も言わないのを見て、彼は意を決したように言った。

「僕もいろいろ考えた。だけど、僕らはたぶん、もう、また一緒になるということはむずかしいだろ。だとしたら、新しい、次のことを考えなくちゃいけないと思った。明里のためにも」

「……そう」

「どう思う？」

「急なことだから、ちょっとびっくりしたけど」

祥子はまた、そこで何も言えなくなってしまった。

じっと、なんの音もしない時間が流れた。店はどんどん混んできた。数人のグループで酒を飲んでいる客、一人で酒を飲んでいる客、近所の会社の社員なのか、丼物だけを食べてすぐに店を出ていく客。祥子たちのテーブルだけがしんと静まりかえっていた。

「なんと言ったらいいのか」

「いや、祥子の考えも聞かせてよ。話すために、来てもらったんだから」

でも、自分に何かを言う資格は、もうないような気がした。

「だって、じゃあ、私が再婚なんてしないで、それは明里に良くない気がする、って言ったらどうするの」

「え」

義徳は予想もしなかった返答のようで、目を見開いた。

「例えば反対したとして、それをやめる、とあなたは言うの？」

「いや……」

では何を聞きたいというのだろう。

「ただ、僕は祥子にもわかってもらいたくて。それに、できたら、祝福してもらいたくて。だって、明里も気に入っている、とてもいい人だから」

そういうことなのか、と思った。賛成してもらいたかったのだ。前の妻も喜んでいるというお墨付《すみつ》きがほしかったのだ。

「祥子はそんなことを考えていたの？」

しばらく黙っていた。

「どういうことなんだろう？　君が反対だということなら……」

「いいえ。反対じゃない。いい人なんでしょ」

「それはもう」

義徳に尋ねたことはまた、祥子に返ってくることだった。再婚なんてしないで、と言ったところで、そのあと、自分はどうするというのか。あの家に戻れるのか。

「じゃあ、よかった」

祥子はにっこりと笑って見せた。

「よかった。そういういい人ならよかった」

「わかってくれて、よかった」

よかった、という声が、テーブルに無意味に飛び交った。

「ただ、再婚する前に、明里に会いたい。ちゃんと話したいわ。明里に私から言っておきたいこともあるし」

「もちろん。そうすれば、あの子が本当に彼女を大好きなことがわかるよ」

「じゃあ、ごめんなさい。話が終わったなら、私は行くわね」

「え、もう行っちゃうの？　何か用事がある」

「ええ。このあと、事務所に顔を出さないといけないの」

「そうか。残念だな。また、話そう。何か聞きたいことがあったら、電話して」

言葉とは裏腹に、彼の表情には安堵《あんど》の色が見えた。

祥子は立ち上がって、店を出た。がらがらと後ろ手で引き戸を閉めると、お勘定《かんじょう》をしないまま、出てきてしまったことに気がついた。

——まあ、いいや。結婚前の幸せな人なんだし。

そう胸につぶやいたら、自分でも思いがけない涙がぽろりと出た。落ちないように顔を上げると、夏の日差しが祥子の顔を熱く照らした。

――ああ、三度目の正直の意味を聞くのを忘れた。
それを尋ねることは、もう二度とないような気がした。

第十二酒　代官山　フレンチレストラン

最初の一品はガラスのプリンカップに入ったムースだった。白いソフトクリームにしか見えない料理で、明里は戸惑った視線を祥子に向けた。

「セルフィーユというフランスのハーブの根っこをムース状にしたものです。下に、コンソメのジュレが隠れております。スプーンでお召し上がりください」

黒服の胸元にソムリエのバッジを光らせた男性がにこやかに説明してくれた。

「お菓子みたい」

明里が彼の説明にうなずきながらつぶやいた。

「そうですね。ちょっとデザートみたいに見えますね。ぜひ、食べてみてください。どんなお味がするか、あとで教えてくださいね」

「そうだね。じゃあ、いただこうか」

義徳がスプーンを取り上げた。

明里がおそるおそるスプーンですくったムースを口に入れるのを、祥子はじっと見ていた。

「あ、おいしい。甘いよ」

不安げだった明里の顔がぱっと輝く。

「でも、ジュレっていうのはしょっぱい。白いところだけだとお菓子みたいだけど、一緒に食べるとご飯のおかずになる」

「いい表現ね」

思わず、義徳と目を見合わせて笑ってしまう。

「おいしい。明里、こんなおいしいもの、初めて食べた」

彼女はあっという間にそのプリンカップの一品を食べてしまって、もっと食べたいー、と床に届かない小さな足をばたつかせた。とはいえ、大きな音を出して他の客に迷惑になるほどではないから注意するのは控えた。

祥子もやっとスプーンを取って、それを口にした。確かにまずはデザートのようなクリーム状の甘みのある、優しい泡が口の中に広がる。その後、ジュレのうまみと塩味で、これが紛れもない、前菜前のアミューズだということがわかる。

——この店にして良かった。支払いに少し無理をするとしても。

元夫の義徳と娘と、三人で一緒にご飯を食べながら今後のことを話すことになって、祥子はいろいろと店を探した。

前回、義徳から再婚をするつもりだと聞き、驚いて店を飛び出してしまってから、メールと電話で何度か話をした。一番の気がかりは小学二年生の娘にそれをどう伝えるのか、という問題だった。

「僕から言えばいいんじゃない？　明里はうすうす感づいているようだし」

祥子の懸念を聞いても、最初、義徳はあまりピンときていないようだった。

「できたら、三人一緒にいるところで話したいんだけど。大切なことだし、話の食い違いがない方がいい」

「うん」

返事をしてから、義徳はしばらく考えていた。確かに、再婚は相手のあることで、彼からしたら「義徳、祥子、明里」というトリオよりも、「義徳、明里、再婚相手」の方が大切なのかもしれない。いや、むしろ、祥子はのぞいた、その三人の問題と思っているのかもしれない。または、「義徳、義父母、再婚相手、明里」か。

仕方のないことだと祥子も理解していた。彼がすでに新生活、新家庭の方を向いていることはわかっていた。ただ、少しさびしさを感じた。

「了解。三人で話そう」

義徳がくぐもった声で返事をした。

「よかった。じゃあ、店を探しておくね。私がご馳走する」

彼の声の調子に気づかない振りをして、祥子は明るく答えた。

日時は次の月、第二週の土曜日のランチと決まった。

決まってからは、店のリサーチだった。事務所社長の亀山や友達の幸江に相談し、ネットの情報を集めて、子供連れＯＫなフレンチレストランを探した。

「そんな、かしこまった店じゃなくてもいいんじゃないの？　三人で一緒にご飯が食べられれば。明里ちゃん、まだ、小二なんでしょ」

「明里とはイタリアンは食べに行ったことがあるけど、フレンチはまだなの」

祥子は明里が初めてフレンチを食べる時の表情を見たかった。娘が初めて立ち上がった時、初めて話をした時、初めてシュークリームを食べた時。全部の表情は記憶している。離婚してから、そんな初めてを目にすることはなくなっていた。けれど、フレンチならそれを見られる。あの子が笑ったり、びっくりしたり、ため息をついたりする様子をすべて見て、心にしまっておきたかった。

しかも、もしかしたら、三人で食べる最後の食事になるかもしれなかった。絶対とは言い切れないが、再婚すれば、確実にその回数は減るだろう。

特別なものにしたかった。

「そうかな。そんな話を聞かされたら、おれならトラウマになるね。おいしいご飯を食べて、新しいお母さんが来る話をされるなんて。フレンチを食べる度に思い出すことになるかもしれない」

同じことを祥子も考えないではなかった。けれど、その恐れをおいても娘に楽しい、三人の時間を与えたかった。きちんと話をして、ちゃんと説明をすれば大丈夫だ、と自分に言い聞かせて、亀山の言葉は無視した。

いろいろ検討した結果、本格的なフランス料理を出しながらも、子供を連れて行ける雰囲気のある、代官山から少し歩いた鉢山町《はちやまちょう》交番前の一軒家のフレンチレストランにすることにした。第二週目なら子供連れでも大丈夫だ、ということもちゃんと調べた。


今日はとにかく、食事を楽しみたい。

そんな思いで、祥子はテーブルに置いてあるグラスワインのリストを取り上げた。

グラスワイン、二種類で千八百円、三種類二千七百円と書いてある。すでに、義徳と祥子はシャンパンを一杯ずつ飲んでいた。

祥子は目配せで、ソムリエの男性を呼んだ。

「ワインのおすすめはありますか？」

「お客様は前菜が白アスパラガスでしたよね。ソースがクリームで少し濃厚なんです。なので、それに合った白ワインでおすすめがございます。クリームを受け止める、しっかりした白ワインです」

「じゃあ、それをいただきます」

明里は二人の会話をじっと聞いていた。興味津々《しんしん》といった様子だった。普段丸い目が、さらに大きく見開かれる。

そうだ、こういう会話を聞かせたかった。祥子が北海道から出てきたばかりの頃、右も左もわからず、最低限のマナーは知っていても、どこに行っても不安だったから。

たまたま、就職した会社の嘱託《しょくたく》社員に、食い道楽の年輩の男性がいて、祥子たち女子社員をフレンチのランチに連れて行ってくれた。何よりも勉強になったのは、どこに行ってもびくびくする必要はなく、わからないことがあったら店の人に尋ねればいいという簡単なことだった。そして、それこそ、ワインの種からナイフフォークの使い方まで、彼は臆面《おくめん》もなく店の人に尋ねた。ちゃんとした店なら必ず丁寧に説明してくれるということも、その時、知った。

蟹を使った前菜を頼んだ義徳は、魚介類に合う、さっぱりとしたリースリングの白ワインを勧められた。

「あ、おいしい」

運ばれたワインを一口飲んで、祥子は思わず小さく叫んだ。

「こんなの、飲んだことない。なんだか、ブランデーのような、ウイスキーのような、濃厚で甘い香りがする」

「アルコール度数も少し高いんですよ」

ソムリエの男性が、義徳の方のワインを注ぎながら言った。

「それ、一口、僕にもちょうだい」

義徳が思わずといった感じに手を伸ばした。

明里が両親の様子を見て、嬉しそうにくすくす笑った。

ああ、自分たちは今、きっと幸せな家族に見えるだろう。祥子はワインの酔いも手伝って、目頭が熱くなった。

白アスパラガスは太くて大きく、生ハムがのっていて、周囲を濃厚なクリームソースが取り囲んでいる。なるほど、このしっかりした白ワインが合うわけだ、と祥子はうなずいた。

義徳と同じ蟹ののったブランマンジェを、明里はぺろりと平らげてしまった。

「明里ちゃん、おなか、大丈夫？」

「大丈夫。おいしいもん、ぜんぶ」

明里はけろりとして、言った。

メインが来る前に、明里はトイレに立った。祥子がついて行こうとすると、お姉さんぶりたいのだろうか、「一人で行けるもん」と自信満々に歩いていった。

「どうする？」

彼女がいなくなったとたん、義徳がぼそりとつぶやいた。

「どうするって？　何？」

「再婚のこと、今話す？」

「そのつもりだけど」

「……いいのかな」

「どういうこと？　だって、そのために計画したんでしょ」

「でも、せっかくいい雰囲気なのに」

彼は周りを見回した。祥子ら以外には、五十代くらいの女性四人のグループだけ。ママ友なのか、職場の元同僚なのか、楽しげに笑い合っている。少し離れているし、自分たちの話に夢中になっていそうだから、こちらが深刻な様子になっても気がつかれる心配はなさそうだった。

「確かにそうなんだけど、できたら、ちゃんと話したい。この機会を逃したらよい場所が見つかるかどうかわからないし、私たちがそろってた方がいいと思う」

「そうか……」

義徳をうたがうわけではないが、自分の知らないところでどのような説明がなされるのか心配だった。

「せっかくのフレンチにいい思い出を作ってやりたいんだよ」

「私も同じ」

「別に、前のお母さんが関わらなくてもいいんじゃないかって、彼女も言ってる」

「え」

「本当は、僕と彼女で話すつもりだったんだよ。それを君が話したいと言うから」

彼女、というのが明里のことではなくて、再婚相手の女性のことなのだ、ということに気づくのに、一瞬時間がかかった。明里のことじゃなくて、そちらの方が気がかりなんじゃないか。

「私は今でも、明里の母親よ。だから自分の口で話したい。決して、その方のことを悪く言うつもりなんてないの」

「でも、なんでこんなちゃんとした店にしたの。僕には理解できないな。明里が今後、フレンチにいい感情を持てないかもしれない」

亀山と同じことを言う。

「それ、口実じゃないの？」

「どういう意味だよ」

「明里が、明里がって言うけど、結局、向こうの人に気を遣っているだけでしょ」

義徳は黙ってしまった。

「それに、私は明里に不安を与えたくないの。今度のことは私も承知していて、決してなんの問題もないことなんだってわからせたい」

それでも、義徳は何も答えなかった。

二人がくすぶっているところに、明里がトイレから戻ってきた。

ソムリエの男性が、彼女が椅子に座るのを丁寧に手伝ってくれた。小さなレディのように扱ってもらって、明里は上機嫌だった。しかし、両親の異変にはすぐに気づいたらしい。

「どうしたの？」

不安げに、交互に二人の顔を見た。

これだ、と祥子は思った。離婚の少し前から、そして、離婚協議中、明里はいつも親の顔色をうかがっていた。今より小さかったけど、何かを察して、両親がうまくいっていないと表情が変わった。

こんな顔にしないために別れたんだった。こんな不安を与えるよりも、安定した場所を与えたくて家を出たんだった。

「昔ね」

祥子は笑顔を作って、話を変えた。

「ママの中学校では卒業間際、修学旅行とは別に、学年で遠足に行くことになっていたの」

いったい、何の話が始まるのだろう、と義徳がこちらを見た。それに小さくうなずく。大丈夫、心配しないで、という合図のつもりだった。

「遠足と言っても、明里たちの遠足とはちょっと違っていてね。公園に行ったり、動物園に行ったりするものじゃないの。市から予算が一人五千円ずつ出て、何に使ってどこに行くかは生徒と先生で決めるの」

「生徒が決められるの？　おもしろいね」

「そう。もう、中学も最後だから、義務教育……ほら、小学校と中学校は絶対に行かなくてはいけない学校でしょう？　そういうのを義務教育って言うのよ。それが終わる年だから、好きなことを選べるようになっていたんじゃないかな。学年で遠足実行委員会が作られて、どこに行くのか、話し合った」

祥子はじゃんけんに負けてその委員を押しつけられてしまった。それまでクラスの中で、ほとんど目立った活動や係をしていなかった生徒だけが集められたじゃんけんだった。正直、負けた時にはかなりがっかりした。

「委員会ではたくさんの意見が出たの。クラスの希望をちゃんと聞いてきた委員もいたし、旅行会社のパンフレットを持ってくる委員もいた。だけど、結局、少し離れたところにある、できたばかりの観光牧場か、遊園地に行きたい、という結論にまとまりそうになった」

実際、一学年上の先輩や、隣の中学校はそうしたのだった。

「でもね、先生たちの意見は違っていたの。釧路《くしろ》にあるホテルでの、フランス料理のマナー講座を受けたらどうか、という案を出してきた。フランス料理を食べながら講師の先生がフォークやナイフの使い方、ワイングラスの持ち方なんかを教えてくれるの」

「へえ、そんなの受けたことないな、僕は」

ずっと黙っていた義徳が口を挟んだ。

「皆、すごく迷った。話題になっていた牧場にも行きたかったし、遊園地でも遊びたかった。でもね、先生が『中学校を卒業したら就職する人もいるんだよ。もしかしたら、就職先でちゃんとしたフランス料理を食べる機会があるかもしれない。結婚式に招待されるかもしれない。そんな時に恥をかかないように』って」

「なるほど。立派な先生たちだったんだね」

義徳はうなずいた。

親心だったのね、祥子は小さい声でつぶやいた。親心。就職したり、家業を手伝うために進学しないのは、学年で数人だけだった。けれど、そういう生徒が正式なマナーを学ぶ機会は今を逃したら、もう二度とないかもしれない。

「どんなことを教えてもらったの？」

明里が尋ねた。

「フォークとナイフが並んでいたら外側から使うとか、丸ごとのアジのソテーや皮のままのバナナを、フォークとナイフだけで食べる方法とかを教えてもらったのよ。結構むずかしくて大変だった」

当時のことを思い出して、祥子は小さく笑った。間違えてアジの頭を最初に切り落とした子や、隣の席のサラダにドレッシングをかけてしまう子がいて、ホテルの会場は阿鼻《あび》叫喚《きようかん》の大騒ぎになったのである。

「でも、いい思い出になった。どこに行っても、マナーの面では怖くなくなったし」

祥子自身、社会人になって上司と出かける時にもテーブルマナーだけは心配しなかった。その嘱託社員にも「犬森さんのナイフの使い方はきれいですね」と褒められたくらいだ。

義徳と目が合った。わかったよ、というように彼はうなずいた。

「料理はこんなにおいしくなかったけど」

「そうなの？」

明里はケラケラ笑った。

「明里ちゃん」

祥子は娘に話しかけた。

「なあに？」

「お父さんはね、新しいお母さんと結婚するんだって」

「え」

明里が目を見張った。父親の顔をちらりと見る。

「美奈穂《みなほ》ちゃん？　パパが結婚する人」

「そうだよ」

義徳がうなずいた。

初めて聞いた、と思った。義徳の相手は「美奈穂」と言うのか。けれど、今は気にならなかった。目の前の明里の気持ち以外は、まったく気にならなかった。

「ママもこの間、パパからちゃんと話を聞いたの。とってもいい人なんだってね。よかったね」

明里は祥子の顔を上目遣いに見上げた。

「美奈穂ちゃんは優しいよ」

「新しいママは明里たちが住んでる、世田谷のおうちに来てくれるんだって。だから、明里はこれまでと同じように、おばあちゃんやおじいちゃんと一緒にいられるんだよ」

そのことに、新しい妻は耐えられるのだろうか。ちらりとそんなことが頭をよぎった。

大丈夫だろう。彼女は祥子と義徳のように流れで結婚するわけじゃない。彼を愛して、子供や義父母との同居も知った上で来てくれるのだから。義母にだってそれは伝わるだろうし、彼女自身も前の失敗を通して何かを学んでいるだろうし。

「ママもすごく喜んでいるんだ。でもね、ママが明里ちゃんのママであることは変わらないし、これからも会えるし、もしも何かあったら、ママのところに来てもいいんだよ」

「そうなの?」

明里は義徳の方を見た。

「そうだよ」

彼はため息を一つついて、うなずいた。

「じゃあ、ママが、二人みたい」

「そういうこと。明里ちゃんはママが二人。ママがダブル」

祥子はVサインを二つ組み合わせてWを作って見せた。

「いいでしょ?」

「うん」

「だから、何も心配しなくていいんだよ。わかった?」

「わかった」

明里はこっくりとうなずいた。

そうは言っても、彼女の顔に笑みはなかった。承知したと口では言っても不安であることは隠しようがないのだろう。もちろん、これからなんの問題もないわけがない。

その時、がらがらという音がした。

「さあ、一番楽しいお時間になりました」

ソムリエの男性がにこやかに給仕用のワゴンを運んできた。

「デザートのお時間でございます」

その上には十種類近くのミニサイズのデザートがぎっしりのっていた。小さな小さなグラスに入ったゼリーやムース、エクレアにケーキ、クッキー、トリュフチョコなどが。

「わあ」

沈んでいた明里が、思わず声を上げた。

「イチゴのゼリー、紅茶のムース、フィナンシェ、キャラメルのエクレア、ガトーショコラ、トリュフチョコ。なんでもいくつでも、好きなだけ召し上がっていただけます。これ以外に、アイスクリームとジェラートが三種類ございます」

「明里、全部食べたい」

「そんなに食べられないでしょ」

祥子は慌ててたしなめる。

「もちろん、どうぞ、ぜひ召し上がってください」

「それでは、このテーブルで全種類、一つずついただこうか。明里が残したものは僕らが食べるし」

「いえいえ、お父様とお母様もお好きなものを選んでくださって結構なんですよ」

それでも、残すのはお店に申し訳ない、と三人で少しずつお願いすることにした。テーブルの上にずらりと並んだ、美しく色とりどりのお菓子に、明里は目移りしてきょろきょろしている。

ああ、おいしい食べ物ってなんて素敵なんだろう。なんて、人の気持ちを和《なご》ませるのだろう。

私たちはだめな人間だし、これまでも、これからもきっと間違いを犯す。だけど、今日はまあまあうまくいった。それで良いのではないだろうか。これからも問題は出てくるはずだ。けれど、その時考えればいい。

きっとこの日のことは、これからの人生の中で何度も何度も思い出すことになる。時には泣いてしまうかもしれない。けれど、その時はきっとこの料理の記憶が慰めてくれるに違いない。

三人でお菓子を頬張りながら、祥子はそのつかの間の甘みに身をゆだねた。

第十三酒　房総半島　海鮮丼

「だから、祥子はフレンチ食べて気が済んだんだろう？」

亀山が車を運転しながら、素《す》っ頓狂《とんきょう》な声を上げる。

「気が済むって何よ。別れた夫が再婚して、子供はこれからその女と暮らしていくっていうのに、気が済むってこと、ないんじゃない？」

助手席に座った幸江が強い口調で、祥子の気持ちを代弁してくれた。

「気が済むっていうのとは違うけど！」

祥子は後ろの席から前の背もたれにしがみつくようにして、二人の耳元に叫んだ。亀山の車はオープンカーなので、そうしないと声が通らないのだ。

「仕方ないと思わないといけないかもしれない、って感じているのかもしれないと思ってる！」

「なんだよ、仕方ないと思わないといけないかもしれない、って。はっきりしろよ」

「だからー、祥子には納得できないことではあっても、納得せざるをえないと自分に言い聞かせているわけでしょ」

幸江の言葉はかなり自分の気持ちに近い気がして、黙っていた。

「え⁉」

祥子が何も言っていないのに、亀山は返事が風にかき消されたと勘違いしたらしく聞き返した。

「なんにも言っていないって」

「え⁉　なんだって？」

——もう、嫌だ。

「屋根、閉じない⁉」

「何⁉」

「やーねー！　車のやーね！　閉じませんか！」

日差しは強いし、日焼けしそうだし、帽子や荷物が飛んでいきそうで冷や冷やしっぱなしだ。何より大声を出すのにはすっかり疲れてしまった。

「海ほたる」で車を停めて、亀山はやっと自慢のオープンカーの屋根を閉じてくれた。

「オープンカーには今が、一番いい季節なのになあ」

初夏とはいえ、真夏のような暑さだった。お世辞にもいい季節とは言い難《がた》い。

「一年中いつも、オープンカーにとって一番いい季節だって言ってません？　あなた」

幸江が冷ややかな声を出した。

幸江は胸に大きくゾウの絵柄の入ったTシャツにふわりとしたアジアの民族衣装風のズボンを穿《は》いていた。彼女のカジュアルな普段着姿を久し振りに見たな、と祥子は思った。

「これ、カンボジアで買ってきたの。この間の休みにアンコール・ワットに行ってきたんだ」

祥子の視線に気づいたのか、幸江がズボンを指でつまんで説明する。

「アリババパンツっていうの。三ドルもしないの。涼しくて楽だからいっぱい買って来ちゃった。祥子にも一枚あげる」

昔から、普段着とおしゃれ着の差の激しい人だった。会社に着ていくぴしっとしたスーツ以外はパジャマとこんな服しか持っていない。そして、長期の休みを取って、放浪に近いような旅をする。

スーツ姿の時はできる女風のボブカットに見える髪型が風に舞って、自然児のように見えた。

祥子には、そんな幸江の姿がうらやましかった。

カフェで一服した後、「海ほたる」を出た。

オープンカーの屋根は薄い布のようなものだし、閉めたところで騒音は響く。それでも、帽子が飛ばないだけましだった。

「だからさ、祥子としてはこれからどうしたいの？」

「どうしたいの？　とか、聞くなよ」

「え？　その話をするために来たんじゃないの？」

「海ほたる」を出ると、幸江と亀山がまた話し出した。

「……すみませんけど」

「なんだ」

「ちょっと寝かせてもらっていいですか？　昨日からほとんど眠ってないんで」

深夜の仕事を終えて、家で一眠りしていたところを叩き起こされたのが朝の八時だった。

「起きろ、祥子、房総《ぼうそう》に行くぞ」

何度も何度もチャイムを鳴らされ、ぼんやりした頭でインターホンに出ると、亀山の声がした。

「何、言ってんの」

「あたしも一緒よ。祥子。これから房総に行くから」

幸江の声も重なって聞こえた。

「何しに行くの?」

「うまい魚を食べに」

「おれが運転するから、酒も好きなだけ飲んでいい」

ほとんど断るつもりで尋ねたが、うまい魚、と聞いて、「行く」と答えてしまった。

車に乗り込んでから二人の話をまとめたところ、昨夜二人は飲んでいて、祥子の話になったらしい。そして、これからの祥子がいかに行動するべきか、ということで喧嘩になったそうだ。

その話を聞いて車から降りたくなったが、すでに高速に乗っていた。

「でさ、ならば、祥子に聞くのが早いってことになって」

「朝になったら祥子を連れて、房総に行こうって」

「……じゃあ、二人は寝てないわけ?」

車の運転どころじゃないんじゃ……とまた降りたくなった。

「大丈夫、事務所で仮眠した」

「あたしは亀んちで寝た」

「で、なんで房総なわけ?」

二人が一瞬、黙った。

「なんでって、なんでだっけ?」

「話を聞こうってことになって」

「だったら、祥子にうまいものでも食わせようって話になって」

「なら、房総か伊豆《いず》の方だろうって。うちらはちょっと遠出する時はどっちかに行くのよ」

東京を離れるとちょっと元気にならない？　と幸江が笑った。

祥子は答えなかったが、彼女の言うことはわかるような気がした。

北海道育ちの自分たちには、ほんの少しでも開けたところ、地平線が見えるところに行くと身体が背伸びをした時みたいに楽になる。

いずれにしろ、こうして連れ出してくれる友達がいることはありがたいと思った……思ったけれどもこうして痴話《ちわ》喧嘩に巻き込まれるのはまた別のことだ。

「少し寝かしてくださいよ、ね」

「あ、どうぞ」

祥子は後ろの席に身を横たえた。

「あ、それから」

「何？」

　幸江がちぎれるほど首をねじってこちらを見る。

「寝ている間に私のことをあれこれ勝手に話さないでよ」

　二人が息を呑《の》んだ気配がした。

——息呑みすぎなんだよ。空気が薄くなるじゃん。それでなくても狭い車なのに。

　心配してくれている彼らの気遣いは伝わってきたけれど、気がつかない振りをして目をつぶった。

「つーいたぞ」

　起こされたのは、どこかの駐車場だった。

　自動車の窓からきょろきょろ見回すと、かわいい書体で「道の駅　富楽里　とみやま」と書かれた看板を掲げた建物があった。

「ここはどこ？」

「南房総の道の駅。市場で産直の野菜も買えるし、レストランがいいの」

「へー」

——「富楽里」はふらりと読むのか。

　亀山と幸江はさっさと降りて、うーんと身体を伸ばしたりしている。祥子も外に出た。

「何度か来たことあるの？　ここ」

　どちらにともなく尋ねる。

「うん。二、三回かな」

　二人が昔付き合っていたことは知っているが、今の関係がいまいちわからない。結構、二人で出かけたりしているんだろうか。

　祥子の小さな戸惑いなど気づかずに、二人は建物に入っていった。慌てて後を追う。

　一階は土産物屋と海産物などの売り場、二階がレストランになっていた。窓から青い空が広がっているのが見えて気持ちがいい。十一時なのにすでに半分ほどの席が埋まっている。

「おー、まだ、定置網の海鮮丼が残ってる」

　亀山がメニューの黒板を指さした。

「それ、いいの？」

「旬の地魚が食べられるんだ。数量限定だから、このために早めに出てきたと言っても過言ではない」

　定置網で獲《と》れた、旬の地魚。言葉で聞いただけでもくらくらするほど魅力的だった。

「私、それにする」

「おれも。お前らビール飲めよ」

「もちろん」

祥子と亀山が地魚の海鮮丼、幸江が刺身定食にした。亀山が少し贅沢するか、と言って、アワビの刺身を追加する。祥子と幸江は瓶ビールを二人で飲むことにした。

「あー、いいねえ。初夏のビールは人生の楽しみだねえ」

幸江が小さなグラスを飲み干してしみじみと言った。

つられるようにグラスに口を付けた祥子は、ふっと、「アルコールは久しぶりだ」と気がついた。

元夫と娘とフレンチのランチを食べてから、仕事の帰りに飲んで帰るのはやめていた。それだけではなく、仕事のない夜も家で酒は飲んでいなかった。

禁酒しているわけではない。ただ、飲もうという気持ちが起こらない。

一人で家に帰るのがつらいから昼間に酒を飲んでいた。けれど、それさえもできなくなることもあることを知った。

──お酒を飲むっていうのも体力や気力がいるもんなんだな。

意を決して、グラスを傾ける。冷たい炭酸が喉を抜け、胸がかっと熱くなった。

「あ」

「何？」

「アルコール、久しぶりだから」

二人が目を合わせているのがわかった。

運ばれてきた丼は、一見、地味なものだった。ベージュや白、灰色の、ぼんやりした色の刺身が丼の上に並んでいる。お配《はこ》びの女性が「メジナ、連子鯛《れんこだい》、ハタ、サワラ、アジ」と教えてくれた。それにアラの味噌汁と小鉢の煮物が付く。

「いただきます」

三人で子供の頃のように声を合わせてしまった。

祥子は箸を取り、まず、アジのタタキから口に入れた。少し硬いと思えるほどに鮮度がいい。さらに連子鯛を頬張った。白身なのに味が濃くてご飯にもビールにも合う。

地味と見えたのは、マグロやサーモンなどの色鮮やかな魚がないからだった。同じような魚ばかりが並んでいるようにさえ見える。けれど、味わいは豊かで、それぞれ個性があった。

「おいしいわ。これにしてよかった」

思わず、腹の底からうなるようにしてつぶやいてしまう。

亀山と幸江が顔を見合わせて笑った。

「だろ。だから、強引に早朝に連れてきたんだよ。昼には売り切れちゃうから」

「まー、まー、飲みましょう」

幸江がビールをぐっと注いでくれた。

「もう一本、同じのを」

空になったビール瓶を高く上げて、すかさず注文する。

「まだ飲むのか」

「祥子はいっぱい飲んで、車の中で寝てればいいよ」

亀山の言葉を無視して、幸江が言った。

「ありがとう」

亀山が追加注文してくれた、アワビの刺身はこりこりとして生臭くない。磯《いそ》の香りをそのまま、ぎゅーっと閉じ込めた物体と言ったらいいか。

「これ、醬油やわさびはほんのちょっとでいいみたい。つけすぎたらもったいないね」

幸江の言葉に、同じことを考えていた祥子は深くうなずいた。

「日本酒いきたいなあ」

「私もそう思ってたとこ！」

こちらには大きな声で同意してしまう。

「地酒の冷酒もらおうか。『寿萬亀《じゆまんがめ》』っていうのがあるよ」

メニューをチェックして早速注文した幸江に、亀山は小さく肩をすくめた。

「ああ、いいねえ」

さわやかな米の香りが鼻から抜ける。アワビにもアジにもよく合った。

「……祥子、さっきはごめんね」

差しつ差されつ、冷酒が半分ほど進むと、幸江はさらりと謝った。

「何が？」

「明里ちゃんのこと。勝手なこと言って。でも、私も亀ちんも心配しているだけなんだよ」

「わかってる」

祥子はうなずいた。

「別に気にしてない。むしろ、話題にしてもらってありがたいんだよ。自分からはなかなか話せないし、話しているうちに考えがまとまることもあると思うし……けど」

「けど、なあに？」

「……だけど、今はまだ、よくわからないんだよね」

「わからないっていうのは？」

「あれからずっと気持ちが押し詰められたように重くて、気がつくとぼんやりそのことばかり考えてしまう。だけど、その暗い気分の元がどこから来ているのか、わからないところがあるの。だって、少なくとも表面上は何も変わらないんだよ。私と明里の関係は。今までだって一ヶ月に一回しか会えなくて、それは再婚後も変わらないって義徳さんも言っているし。それどころか、この間、私が『もしも明里が来たいならママのところに来ていいんだよ』って言った時も否定しなかった。もちろん、義徳さんともう一度やり直すなんて無理だということはよくわかっているし。もしかしたら、逆に一歩前進かもしれないのに、なぜだか気分が晴れないの」

「そりゃあ、そうだろう。向こうは他の女と暮らすんだから」

亀山のあまりにも直接的な言葉に思わず笑ってしまった。

「それだって、理性では解決できるの。だって、誰か女性が近くにいた方がいいもの。これからの明里にとっては」

祥子は小さなグラスを取り上げて冷酒を口に含んだ。霜《しも》が付くほど冷えていた酒は、少し温まって味が濃くなった気がした。喉に小さな刺激を感じる。

「こんなこと、簡単に言えないことはよくわかっているんだけど……もし、よけいなことだったらごめんね……こっちに引き取る、ってことは考えてみた?」

幸江がおそるおそるといった様子で尋ねた。

「いつも考えている。別れてから、いや、別れる前からずっといつも考えてる」

祥子は自分でも驚くほど強く即答した。

「もちろん、いつも考えているよ。考えない日はないよ。だけど、それを言い出すのは自分のエゴかとも思う。もしも、私が『明里ちゃん、ママの家においで』って言ったら、明里は断れないと思う。だけど、今の環境も捨てられなくて苦しむと思う。お母さんとお父さんのどちらも選べなくて迷うと思う。悩むと思う。あの子はパパもおばあちゃんもおじいちゃんも好き。学校の友達ともうまくいってる。皆、優しいし、恵まれた環境で育ってる。うちに来たら同じことをしてあげられるとは思えない。それがわかっているから、どうしても言い出せないの。あの子を悩ませたくない……だけどもしも、もしもよ、いつか、あの子が自分からこちらに来たいって言ってくれたら、そしたら」

そしたら、自分は引き取れるだろうか。今は無理だ。一人で食べていくのが精一杯。だけどいつかは。

そうだ、ずっともやもやしていた原因がわかった。自分に力がないからだ。自分がだめで、ただ悩むだけで、ぐだぐだと考え続けているからだ。

明里がこれからどんな選択をするかはわからない。けれど、こちらはちゃんと準備をしておこう。少なくともいざとなったら引き取れる、自信のある自分でいたい。

「がんばって、仕事をしなくては」

祥子が閉じていた目を開けて、小さくつぶやくと、亀山と幸江がこちらを見ていた。そして、祥子の言葉を聞いて、何かを理解したかのように、ちょっと笑った。

「なんか、決まったみたいだね」

「うん。ありがとう。わかった」

まだ、何も解決していない。けれど、少しだけ見えた気がした。

「これからどうするの？」

祥子は駐車場を歩きながら、二人に尋ねた。

「房総に来たらいつも寄る農家があるから、そっちに行ってみようか。ね、連れて行ってくれる？」

幸江が助手席のドアを開けながら、あとの方は亀山に向かって言った。

「そんな知り合いがいるの」

「最初は初春の、お花摘みの時期に来た時に知り合ったの。このあたり、春はお花畑が見られるじゃない？　キンギョソウとかストック、菜の花なんかを出荷してるから。それで、たまたま通りかかったお花畑があんまりきれいだったから、そこで働いていた農家のおばあちゃんに頼んだら摘ませてくれて。それから毎年、行ってるの」

「へえ」

「もう八十四歳のおばあちゃんなのよ。一人で農業をしているの」

「すごいねえ」

「今の時期はさすがにお花はないけど、たぶん、シシトウの出荷をしていると思う」

車に乗り込むと、亀山は黙って走り出した。

「そんな時期に行っていいの？」

「あんまり忙しそうだったら、失礼しよう。だけど、たぶん、大丈夫。話し好きの人だから、行くと喜んでくれるよ。お手伝いができればするし」

高速道路を降りると、海岸線に沿って道が続いた。確かに、たくさんの畑が広がっている。幸江が振り返って、「このあたりが三月くらいに来ると全面お花畑なのよ」と教えてくれた。

畑の後ろにきれぎれに海が見えた。これが真黄色の菜の花畑なら、さぞかし美しいだろう。

「また、春に来たいわ」

「でしょう。だから、私たちは房総が好きなの。また来ましょう」

「……寝てていいぞ。祥子」

言われる前から、目は半ばつぶっていた。

これから行くという、八十四歳の老婆の畑はどんなところだろう。働こう、と思わずつぶやいてしまった自分に見せるというのは、きっと何か意味があるのだろう。

そんな歳まで働くことはできるのだ。

「着いたら、ほこして」

祥子の寝ぼけた声に、亀山と幸江の笑い声が被さる。連れ出してくれた友達に、心からありがたいと思った。

「起こすよ、だから、安心して寝なさい」

「起きたら、畑だから」

仲良く声がそろう。

──君たちは何かい。私のお父さんとお母さんかい。

そうだ、二人の今の関係を聞きそびれた、さっきはせっかくちょうどいいタイミングだったのに。

──まあ、いい。あとで聞こう。広い畑の中で手伝いをしたら、そういう機会もできるだろう。

子供の頃からずっとそうだった。二人は頭が良くてしっかりもので、面倒見が良かった。祥子は昔から動作がのろかった。道東は冬になると、運動場や屋外に手作りのスケートリンクができる。遊びに行くと祥子は必ず、靴の履き替えに手間どってしまった。でも、二人はずっと待っていてくれた。

私は今、見守られているのだ、二人に。

走行する車の心地よい振動に身体を預けながら、祥子は頭の片隅でつぶやいた。

第十四酒　不動前　うな重

マンションのチャイムを鳴らすと、どちらさま？　というかん高い女性の声が聞こえた。

「こんばんは。お助け本舗の犬森祥子です」

「はーい、どうぞ」

かちり、と音がして、中から二十代半ばと見える女が顔を出した。これが依頼人の、浜谷陽菜《はまたにはるな》だろうか。

ぽっちゃりと太って、色が白い。というか、眉も唇《くちびる》も頬も色がない。前衛演劇の演者のような顔に一瞬、ぎょっとした。

「犬森です」

「あたし、陽菜。どうぞ、入って」

通された居間には、脱ぎ捨てられた洋服や飲みかけのペットボトルが散乱していた。キッチンのシンクには、洗っていない皿が積み上がっている。

ゴミ屋敷とまでは言わないが、整頓《せいとん》された部屋とは言い難い。

彼女はばたばたと洗面所に走っていった。それで、あの白い顔はお化粧の途中だったのだ、とほっとした。

「今、おばあちゃんにご飯食べさせて、おしめも替えたとこ」

「はい」

祥子は居間から続く、小部屋に目をやった。ベッドの上に小さな布団の盛り上がりが見える。あれが彼女の祖母だろうか。

「たぶん、明け方までは大丈夫。それまでにはあたし、帰ってくるし」

唇を塗りながら、祥子に話す。

「お母さんもご飯食べて、トイレ行った。こっちも次、四時間は大丈夫だから。でも、行きたいって言ったら、肩を貸してやって。トイレまで行けば自分でできるから」

それは祖母の隣の部屋のベッドで寝ている母親のことのようだった。

「あの」

「わかってる。おたくの社長さんに、うちは介護はやってないって言われたから。だけど、今夜はどうしても見てもらう人がいなくて」

眉を描き、頬にチークを入れ終わった彼女は今度はトイレに走る。しばらくすると、じゃーっという盛大な水音が聞こえた。

「でも、デイサービスのナイトは何日も前から頼まないといけないし、ヘルパーさんも夜は来てもらえないし。で、ネットで探したの。夜、至急、介護とか、見張りとかで検索して」

トイレから出たとたん、話は続く。

「ホント、今日はどうしても」

母親の方の部屋に入った彼女は小さなショルダーバッグを下げながら出て来た。

「急に、会えることになったの。とにかく何もしなくていいから。テレビでも観てて。最悪、二人、生きてればいいから。何かあったら電話して」

やっとすべての支度が終わったようだった。ソファの祥子に向かって、手を合わせ、拝むような格好をした。陽菜は白いオフショルダーのカットソーにピンクのミニスカートという、華やかな出《い》で立ちだった。

夜十時を過ぎていた。いったい、こんな時間から誰に会うというのだろう。やっぱり、恋人だろうか。

「ホント、お願い」

「わかりました。私、介護の経験ないんで、何もできませんが」

「それでいいの。ありがとう、じゃあね！」

祥子の言葉が終わるか終わらないかのうちに、家を飛び出していった。

彼女が出て行くと、自然、ふーっとため息が出た。急に部屋がしんと静まりかえる。

おばあちゃん、と呼ばれた女性の部屋からはこぽこぽと小さな音がした。そっと部屋をのぞく。人工呼吸器の音のようだった。

居間やキッチンからは想像できない、きちんと掃除され、ベッドのシーツも布団も清潔そうな部屋だった。

「あの、私、犬森祥子、と申します。今夜一晩、よろしくお願いします」

ベッドに向かって小さく頭を下げた。なんの反応もなかった。

同じように、隣の母親の部屋にも行って挨拶した。

こちらの部屋も整頓されている。彼女は目をつぶっていたが、小さく首を動かしてくれた。声に反応したのか、理解してくれたのかはよくわからなかった。

祥子は居間に戻り、ソファに座った。テレビはつけずに、いつものように持ってきた本を開いた。


「今夜、急なんだけど……空いてるか」

夕方、遠慮がちな口調で亀山から依頼電話がかかってきた。

「本来、おれらがやる仕事じゃないし、断ってくれてもいいからな」

条件を聞くと、確かにめずらしい。介護が必要な二人の女性がいる家での、若い女性からの依頼だった。

「それなのに、どうして私に話しているの？」

いつもなら一瞬で断り、電話をがちゃぎりしそうな案件だった。

「いや、依頼人の女が強引でなあ。とにかく、お願いします、お願いしますって断らせてくれないんだよ。仕方なく、とにかく担当者に聞いてみますからって言ったんだけど……断っていいから」

「いいわ、行く」

これまでなら、自信もないし、断っていたはずの話だった。けれど、もう仕事は選ばないと決めたのだった。

「本当に？」

「うん。自信ないけど、それでもよければ」

「よかった、向こうも喜ぶよ」

電話だけで、亀山の心を動かした女性がどんな人なのかにも興味があった。

——確かに、なかなか強引な人だ。

張り切って出かけたのに、陽菜は二時間ほどで帰ってきた。

どんどんどん、とドアを叩くので、開けてやる。最初、陽菜とは思わなかった。時間が早すぎるし、鍵を持っているはずだから。

「あーあ」

出ていった時とは打って変わった、沈んだ表情だった。重たい身体を引きずるように入ってきて、不安定な姿勢でハイヒールを脱ぐ。

「お帰りなさい」

「ただいま」

それでも、祥子の挨拶にきちんと返してきた。

洗面所に行って手洗いうがいをし、祖母と母親の部屋に入っていった。

「どうだった？　寝てるの？　おしっこは？　いいの？」

声かけが終わるとまた洗面所に行き、盛大に水音を立てながら顔を洗った。

「……大丈夫ですか」

祥子はおそるおそる声をかけた。よけいなことと怒られるかもしれないが、どうしても心配になったのだった。

「どうもこうもないよー」

タオルで顔をごしごし拭《ふ》きながら出てきた。

「来なかったの。一時間も待ったのに」

「誰が？」

「相手がさー」

彼女は祥子の隣にどさりと座る。

「あたし、戻ったんだから、帰ってもいいよ」

「あ、でも」

すでに十二時十五分を過ぎている。最終電車は出てしまっただろう。

「こんな時間に放り出されても困るかー」

「はい。始発まで居させてもらっていいですか」

「もちろん。好きなだけ泊まっていってよ」

「ここで寝ていいですか」

「いいよ」

陽菜は少しはげかけたネイルをいじっていた。

「誰かと待ち合わせしてたんですか」

聞く必要はないと思っても、つい声をかけてしまった。何かが祥子の気持ちを動かしていた。

「うん」

「誰と？」

「……アプリで知り合った人」

「出会い系の？」

「そう」

「来なかったんですか」

そこで彼女は深くため息をついた。

「きっと急に何か予定ができたんですよ。残業とか。連絡してくれればいいのにね」

「本当にそう思ってる？」

「え？　ええ」

「だとしたら、あんた、相当おめでたいよ。たぶん、あいつ待ち合わせには来てた。でも、私の顔とか身体とか見て、きっと嫌になって帰ったんだよ」

「あ」

祥子の顔を見て、彼女は小さく笑った。

「そんなこと、考えてもいなかった？」

「はい」

「すっぽかされたことなんてないんでしょ」

「でも、急に待ち合わせが嫌になったのかもしれませんよ。なんか、面倒になって。そういうことってありますよ」

「あるかなー」

「そんな時ってありますよ。出かけるの、急に嫌になったりとか」

「そいつ、会社が終わったあとに友達と飲むんだけど、そのあとなら時間あるって言ってたんだよ」

「じゃあ、友達が何か重たい相談とか始めて。転職とか失恋とか。席をはずせなくなったのかも。途中でメールもできなくて」

「なるほどねー」

祥子も、たぶん陽菜も、それを信じているわけではなかった。けれど、話しているだけで、何か重くて濃い空気が薄まっていく気がした。

「久しぶりにできると思ってたんだけどなー」

「……セックス？」

「うん」

陽菜は立ち上がり二つの部屋を見に行った。おむつ替えようか、という声が聞こえ、陽菜は一度ドアを閉めた。

「……介護、長いんですか」

戻ってきた陽菜に祥子が尋ねた。

「おばあちゃんが五年。お母さんが一年半かな」

「陽菜さんが一人で？」

「おばあちゃんが倒れた時にはお母さんと二人で看てたんだけどね。そのあと、お母さんも倒れて」

「他にご兄弟は」

「お姉ちゃんが一人いるけど、結婚して千葉の方に住んでるからね。子供もいるし」

こんな若い女の子が二人の肉親を介護しているのか、と思うと胸が塞《ふさ》がったが、簡単にそれを言葉にするのははばかられた。

「私にとってはこれが当たり前だから」

「え」

「すごい大変だって思うんでしょう。皆、そう言うもん。だけど、私にとってはこれが普通。これがずっと続いているから、皆が思うほどでもないんだよ」

なんだか、ものすごく泣きたくなった。けれど、泣いたら彼女に同情していると思われてしまうから我慢した。

――今夜、陽菜をすっぽかした男。お前は無間《むげん》地獄に堕《お》ちろ。

心の中で強く呪《のろ》った。

――いや、死んだあとじゃなくて、生きている間に報いを受けてほしい。お前はこれからずっと、外食した時、ご馳走の上に必ず誰かにくしゃみをかけられるっていう呪いを今、かけたからな。

「さっきさ、あたし、鍵持ってたけど、ドアをどんどんしたの」

「そうでしたね」

「誰かが開けてくれるって、久し振りだからさ。甘えたくなった」

「甘えてもらっていいんですよ」

「うん」

それからぽつぽつ、陽菜は自分のことを話した。父親は中学生の頃に亡くなったこと。祖母が昔からこのあたりに住んでいて、彼女の介護を機に古い家を売り、このマンションに引っ越してきたこと。マンションも築三十年以上だから、古いけど広いところが買えたこと。

気がつくと陽菜はすうすうと寝息を立てていた。近くにあった、毛布をかけてやった。

母親の部屋から小さな声が聞こえた。陽菜を起こさないようにそっと立ち上がって、部屋に入った。

母親は、祥子の顔を訝しげに見た。

「新しいヘルパーの犬森祥子です」

ささやき声で言って、にっこり笑った。

「トイレですか」

彼女は小さくうなずく。

「私の肩につかまってください」

今夜だけは、陽菜を寝かせてあげたかった。

目が覚めると、もう十時になっていた。祥子は自分の上にタオルケットがかけられているのに気がついた。今朝は明け方まで祖母と母の介護の合間に寝たり、起きたりする陽菜につき合っていた。

彼女は祖母のベッドの下に布団を敷いて寝ていた。

起こさないようにそっと身支度をし、置き手紙を書いた。

何かあったら連絡してください、話し相手くらいにはなります……そして、少し迷ってLINEのアドレスも書き添えた。

部屋を出ると、最寄りの東急目黒《とうきゅうめぐろ》線の不動前《ふどうまえ》駅に向かって歩いた。住宅街の中をくねくねと細い道や坂道が続く。昨夜の記憶をたどりながら適当に歩いていたら、あっという間に道に迷ってしまった。

――もうここまで来たら、目黒不動にでもお参りして帰るかな……。

しかし、その目黒不動の方向さえもよくわからない。スマートフォンを取り出して、現在地を確認しようと顔を上げたら、目黒不動参道入り口と書かれた看板に気がついた。そこから小さな商店街が続いている。

――ここを通れば目黒不動に行けるのだろうか。

ゆるやかな坂道を下っていった。

商店街の中、ずらりと人が並んでいる店があった。ちょっと古びた商店で、並んでいるのも年輩の人が多い。

――平日の午前中からなんの行列だろう。

ぷんと漂う香りに、鰻《うなぎ》か、とわかった。

開店は十一時らしい。まだ十時半過ぎだというのに、そこそこ高価なはずの鰻にこんなに人が並んでいるなんて……いったい、どんな鰻なんだろう。

　店先で老人がうちわを片手に鰻を焼いている。店内で食べることもできるし、持ち帰りも可能という、いかにも地元に密着した店だった。祥子がいる間も、近所の住人たちが弁当やら串やらを注文している。

　柱に貼ってある、小さな写真入りのメニューを見る。もちろん高価だが、都内の繁華街で食べるよりは少し安いようだ。

　急にお腹がぎゅーっと鳴ってくるような気がして、つい、二人連れの老女の後ろに付いてしまった。

──ちょっと贅沢だけれど、去年は丑《うし》の日にも食べていないし、こんな早い時間から鰻を食べることはもうないかもしれないし。

「あれ、鰻、少し安くなった？」

「今年はね、ちょっと多く獲れているんですよ」

　鰻を焼いている老人とお客さんが話している。

「夏になってもなくなることはなさそうなんで、値段を下げました」

　祥子は首を伸ばして、持ち帰り用のメニューを見た。確かに、これまでの値段に×がついていて、二百円ほど安くなっている。

――ここ数年、鰻が不漁だとかで高騰していたけれど、値下げするなんて良心的な店だ。

十一時になると、店の斜め前の、食事用の店舗に案内された。

心地よく冷房が利いていて、ほっと一息ついた。改めてメニューを見ると、うな重定食は中、上、特上となっている。中は中串、上は大串がのるそうだ。特上は中串二枚なので、一本ずつたれ焼きと白焼きにできるらしい。

酒はビールと熱燗《あつかん》、冷酒などがあった。

――うーん、白焼きも魅力あるけど……。さすがに特上は贅沢すぎる。

頬の赤い、小柄でかわいらしい女性が注文を取りに来てくれた。

「上のうな重定食と、冷酒……会津《あいづ》ほまれ、ください」

「はい、かしこまりました」

祥子以外の客もそれぞれ、ビールや酒を頼んでいる。定年後の夫婦や友人同士などのようだった。

――こんなにみんなが昼からアルコールを注文する店は初めてだ。このあたりは定年後の悠々自適《ゆうゆうじてき》な人が多いからだろうか。

他の客の注文を、聞くともなしに聞いていると、皆、肝《きも》焼きを頼んでいる。結局、店にいる客、祥子以外は全員、肝焼きを一本ずつ注文していた。どこか落ち着かない気分になる。

「あの、すみません」

店員の女性を呼び止めてしまった。

「私も……肝焼きを」

「はい、肝一本！」

鰻を待つ間、祥子の前に冷酒が運ばれてきた。かわいいピンクのガラスのおちょこがついている。涼しげで、それだけでうっとりしてしまう。手酌でなみなみと注いで、一口含んだ。

——ああ、お米の香りがほのかにする、いい酒だ。辛口でいくらでも飲めてしまいそう。

ほどなくして、お新香の皿が来た。たくあんが二枚くらいかな、と予想していたら、キャベツ、ナス、大根、きゅうり、あざやかな色の漬け物がたっぷり小鉢に盛られている。薄すぎず濃すぎずのちょうどいい塩加減のぬかみそ漬けがみずみずしい。

——この、お新香を見ただけで、どうしてこの店に行列ができるのかがわかる。鰻の前の酒のアテにちょうどいい。

そして、肝焼きが運ばれてきた。焼き鳥のように串に刺さって、こんがりと焼けている。かみしめると上品な脂が口いっぱいに広がった。

――しっかりとした歯ごたえで、おいしい。これまた、酒のつまみに最高だ。

それを食べているうちにやっとうな重と肝吸いが運ばれてきた。

――あー。

心の中で、声にならない歓声を上げてしまう。すでに漬け物と肝焼きを食べているのに、もう一度、手を合わせて「いただきます」と頭を下げてしまった。

お重を開くと、色よく焼けた大きな鰻がびっちり、ご飯の上に敷き詰められている。端からきれいに一口分取り分けて、口に運んだ。

――やっぱりおいしい。

祥子はふわふわと軟らかすぎる鰻はどうも好きになれないのだが、こちらの店のはちょうど良い歯ごたえだった。たれが甘すぎないし、多すぎないので、鰻とご飯のうまさがはっきりとわかる。

そこで、会津ほまれを一口。鰻の脂に、辛口の酒がよく合う。

――うな重というのは、アルコールと炭水化物のマリアージュの中では最高の組み合わせなのではないだろうか。

時々、さっぱりとしたお新香を挟むと、またこれがおいしい。

――ああ、人がこれだけ並んでいる理由が本当によくわかる店だ。

店内を見渡すと、客は皆、優しい幸せそうな顔で鰻を頬張ったり、ビールを酌《く》み交わしたりしている。

——陽菜たちは近所だけど、もうこの店に来ることはできないかもしれない。

彼女からはお金をもらわないで帰ってきてしまった。亀山から怒られるだろう。仕事は仕事だ、と。

さらに、高価な鰻を食べてしまった。

自分は結構だめ人間だけれども、陽菜のような人にまだ手を差しのべられることを確認したかったのかもしれない。

それに彼女からもらったお金で鰻は食べられない。

——お金をもらわなかったからこそ注文できた。

祥子がついたため息は、少し鰻臭かった。帰りに目黒不動で、せめて陽菜の健康をお願いして行こうと思った。

第十五酒　秋葉原、再び　とんかつ茶漬け

仕事を終えた祥子は、新御茶ノ水《しんおちゃのみず》駅のそばにある総合病院を出て、ぶらぶらと歩き始めた。

良い天気で、少し散歩したい気分だった。

御茶ノ水と秋葉原の中間くらいに来た時、前にテレビか何かで見て、一度行ってみたいと思っていた店が近くにあることを思い出した。

――とんかつ茶漬けだった。どんな味なのか、一度体験してみたかったんだった。

スマートフォンで検索して店の場所を探した。十分も歩かずに着き、ほぼ、開店と同時に入店することができた。客は祥子一人だった。すぐに注文を取りに来る。

「とんかつ茶漬けの中サイズと生ビールの中ジョッキください」

「とんかつ茶漬けの味付けはどうしますか」

「え?」

メニューをよく見て、醤油味、からし醤油味、にんにく生姜醤油味などいくつか味違いがあることがわかった。

「一番オーソドックスなのは醤油ですかね？」

「まあ、そうですね」

「……では、普通の醤油味で」

からし醤油にも惹かれたが、初めてなら、やっぱり醤油だろう。

先に運ばれてきた生ビールをぐっと飲む。

自然に出てきたため息を、抑えようとしていることに気がついて、ここはもう病院じゃないのだ、と自分に言い聞かせた。

祥子の小さなため息に、小山内元子は反応した。

「何？」

そんなふうに聞こえたけれど、もしかしたら言葉にならない呻《うめ》きのようなものだったかもしれない。

「あ、すみません、起こしてしまいましたか？」

ベッドの上の元子は半ば目を開いて、こちらに顔を向けた。しかし、その目の奥にはなんの意思も光もなかった。

「お水、飲みますか？」

答えはなかったけれど、唇が乾いているのを見て、祥子は病床用の吸い飲み器を近づけた。タオルを当てて唇の間に差し込む。彼女は喉をこくりと動かした。

「もっと飲みますか」

小さく首を振った。

「すみません。起こしてしまって」

しかし、やはり、その目には拒否も許諾《きょだく》もなかった。

数日前、息子の小山内学から元子が軽い肺炎を起こして入院した旨《むね》、連絡があった。家に一人でいる時、勝手に食べてしまったものを詰まらせて、ひどくむせたのが原因で、誤《ご》嚥性《えんせい》肺炎を起こしたらしい。

元子のところへは、編集者である学の月刊誌校了の時期に合わせて毎月一回以上は必ず、見守りに行っていた。しかし、少し前から急に、元子は祥子の顔がわからなくなった。

「もう、母を家に一人で置いておくのは、むずかしいかもしれません」

学の声はしっかりしていたが、祥子は彼が泣いているのを感じた。

「ここ数日は僕が病院に泊まり込んでいたのですが、やっぱり校了前はむずかしくて。祥子さんがそういう業種ではないというのはわかっているのですが」

「あ、行きます。大丈夫です」

安堵のため息と一緒に、学の本音がやっともれ聞こえた気がした。

「よかった」

「付き添いの人は病院で頼めるのだけど、母は祥子さんが好きだから」

祥子さんが好きだから。

その言葉が身に染みた。

「退院時期が決まったら、施設を探すつもりです」

では、彼女と会えるのも、あとわずかかもしれない。

学が指定してきたのは、自宅のある御茶ノ水近くの、総合病院の一人部屋の特別室だった。彼の同級生が医局長をしているらしかった。完全看護だけど、夜、母親を一人にしたくない、そんな気持ちはわかるような気がした。

「元子さん、お腹は空いてないですか」

水を飲み終わっても、元子は眠りにつかなかった。うつろな視線のまま、こちらを見ている。

「眠らなくて、大丈夫ですか」

話しかけても、なんの反応もない。ぐっと込み上げて来るものがあった。

このまま、元子は祥子のことがわからないまま、どこかに行ってしまうのだろうか。

「元子さんが眠らないなら、ちょっとお話してもいいですか」

答えないことは、了と取ることにした。

「実はね、うちの娘とこの間、ご飯を食べに行ったんですよ」

元夫が再婚することや、娘の明里が新しい母親と暮らすことは、先月見守りに行った時に話してあった。彼女がどこまで理解してくれているかはわからなかったが。


「これ、おいしくない」

明里があまりにもはっきりと、吐き出すように言ったので、祥子は全身から冷や汗が出るような気がした。

「じゃあ、食べなくていいよ。ママのお皿に移したら」

周りに聞こえないように、小声でささやいた。明里はふてくされたように箸を置き、イスの背にもたれかかった。足をぶらぶら動かしている。

「何か他のもの、食べる？　ママの、食べる？」

「いらない。ママのだって、同じだもん」

確かに、そうだった。から揚げ専門店に来たのだから、メニューはから揚げしかなかった。

「でも、明里ちゃんがから揚げを食べたいって言ったんでしょ」

つい、声が荒くなった。

明里はますますふくれた顔になって答えない。

「違うのがよかったの？」

返事なし。

「別のお店に行く？」

足の動きがさらに早くなっただけだった。

「どうしたの？　明里ちゃん、どうしたいの？」

この日は明里との月に一度の面会日だった。どこに行きたいのか、何を食べたいのか、事前に元夫の義徳にメールで聞いていた。

食べたいのはから揚げ、行きたいところは特にないって。

そんな返事が来てから、できるだけおいしいものを食べさせたくて、から揚げ専門店を探した。幸い、昨今のから揚げブームで店はたくさんある。祥子は中野にある、福岡が本店で最近東京に進出してきたから揚げ屋を探しておいた。

「これ、好きじゃない」

「明里ちゃん、そんなこと、言うもんじゃないよ」

本当ならもっと強く叱《しか》りたかった。作ってくれた人に聞こえるような大声で、そんなことを言う娘を。

しかし、普段、一緒に住んでいない娘に対する悲しい遠慮があって言えなかった。

「じゃあ、もう出ようか」

それにはやっと、うん、とうなずいた。

お店の人の目を気にして、残ったから揚げは包んでもらって店をあとにした。

明里はいつものように強く手を握ってくれなかった。今日はどうしてしまったのか。

「これからどこか行く？　行きたいところ、ない？」

「別に」

にくらしいくらい、そっけなく答える。

「映画にでも行こうか。今、何か観たいもの、ないの？」

「知らない」

スマートフォンでちょっと探してみる。ドラえもんやクレヨンしんちゃんはないが、テレビで人気のアニメの劇場版をやっているらしい。

「アニメ、観に行く？」

答えない。機嫌が悪くて答えないだけではなく、興味もないらしい。

実の娘の気持ちがわからない。まだ小学校二年生なのに、反抗期なのだろうか。

――困ったな。

「じゃあ、ママの部屋に行こうか」

明里はしばらく考えてから、小さく、うん、とうなずいた。

ＪＲと地下鉄を乗り継いで中野坂上に戻った。家までの道の途中にあるスーパーに寄ることにした。

明里はほとんど何も食べていない。夕飯までに家に帰す予定だが、空腹のまま帰宅させたら、元夫や義母になんと思われるか。

「明里ちゃん、何か買って帰ろう。なんでも食べたいもの、教えてよ」

それには反対しなかったので、彼女の手を引いて店内に入った。娘の顔色を見ながら、いくつか買い物をする。

明里が食べてくれるなら、お菓子でも菓子パンでもいい、と好きそうなものをかごに入れる。ふっと思いついて、鶏もも肉と胸肉も付け加えた。明里の表情が「何？」と言うように変わった。

「おうちで、から揚げ作ってみようか。そしたら、食べられるかもしれないでしょ。胸肉なら脂身も少ないし」

声は出さなかったが、こくんとうなずいてくれた。

明里が祥子の部屋に来るのは初めてだった。さすがに離婚直後よりはものが増えたものの、八畳一間の何もない部屋だ。

日頃、広い二世帯住宅を駆け回っている明里は驚くだろうと覚悟していた。けれど、物めずらしげに見回すだけで、びっくりした顔ではない。

その表情を見て、これまで連れてこなかったのは、どこか自分の見栄《みえ》や意地もあったのかもしれない、と思った。帰宅した彼女が元夫や義母に「ママの家、小さくてびっくりした」などと言ったら恥ずかしいと、心のどこかで思っていたのかもしれない、と。

しかし、彼が再婚を決めた今、そんな見栄はどこかに行ってしまった。何より、娘とのことを大切にしたい。

「ちっちゃな家でびっくりしたでしょう」

それでも、明里に聞いてみる。

「ううん。かわいいと思った」

やっと少し機嫌が直ってきた。

買ってきた鶏肉を一口大に切って、冷蔵庫に入れていたニンニク醤油に漬け込んだ。

「何してるの？」

狭い小さなキッチンで、明里は隣に立った。

「これね、ニンニクが余った時にお醤油に漬けておいたの」

作り方は亀山の事務所で取っている新聞で読んだ。これを使うとなんでも簡単に味が本格的になる。黒く色の変わったニンニクもすり下ろして少し混ぜた。味がしみ込む頃合いを見計らって、溶いた卵にくぐらせ小麦粉と片栗粉をまぶした。さらに、冷蔵庫にあった、トマトを切って簡単なサラダを作った。

「ママの作ったから揚げ、食べてみる？」

尋ねるとやっとこくん、とうなずいた。

しかし、明里はそれもろくに食べなかった。一口だけ食べて、「これ、違う。なんか変な味」と言って、また不機嫌になってしまった。

――あそこで食べてくれれば、なんだ、明里は母親の味を求めていたのね、ということになったのにな……。

「評判のから揚げもだめ、私が作ったから揚げもだめ。本当に困っちゃいました」

祥子は、明里との面会日の一部始終を元子に話して聞かせた。

「とにかく、ずっと機嫌が悪くて……まだ小学校二年生なのに。反抗期ってああいうのを言うのかしら。学さんも反抗期ありましたか」

大きなため息が出た。

「ねえ、子供って、どうして……」

そこで、思いがけず涙がじわりと出てきた。

「私のこと、明里はもう嫌いなんじゃないかって思うんですよ。だとしたら、もう会わない方がいいのかなって思ったりして」

そこで初めて、元子が動いた。ベッドの中から手を出して、祥子の顔を触ったのだ。涙を拭《ぬぐ》うように、目の下、頰をなでた。ざらざらとした指の感覚が嬉しかった。

「ありがとう」

表情は相変わらず、ほとんど変化がなかったが、祥子は彼女の手を握った。

「元子さんと会えなくなったら、私、本当にさびしいです。いろいろ話せる相手がいなくなってしまう。元気になってください」

そして、手を布団の中に入れて、上掛けを肩までかけた。

「朝まで眠ってください。朝になったら起こします。ご飯を食べましょう。私はずっと起きていますから」

元子はやっと目をつぶった。祥子はベッドライトを消した。

暗闇にぼんやり浮かぶ横顔を見ながら、祥子はじっと考えていた。なんであんなに明里は機嫌が悪かったのだろう。

──義徳さんからのメールには、はっきりと「から揚げが食べたいと言っています」と書いてあったのに。あの時は、私に会いたいというような意思だって感じたのに。だいたい、これまで、あの子が私に会っている間、何かを嫌がるようなことはほとんどなかった。別れがつらくて泣いたことがあったくらいだ。あの家に、新しい奥さんが来るのは来月のはずだけど、何かあったのかしら。もしかして、悪口でも吹き込まれたとか。本当は、別のものが食べたかったのに、彼が嘘を言ったとか……。

そこまで考えて、祥子ははっとする。

──考えすぎて、元夫や新妻を疑ったり、恨むなんて。昔から、お祖母ちゃんは、「七度探して、人を疑え」とよく言っていた。なくしものをした時、何度も探してから盗まれたかもしれないと疑えということだけど、人間関係もそうだって。人を疑うのは最後の最後にしろって教えてくれた。もう一度、ちゃんと考えてみよう。最初から一つ一つ。

明里、なんて言ってたっけ。

確か、私の作ったから揚げを食べて、「これ、違う」と言ってたんだ。これと違う。違う、ということは、もしかしたら、「これだ」というものがある、ということではないか。彼女の中に食べたい味があって、それを求めている……。

これまで明里が食べたことのあるから揚げで、祥子が提供できるものと言ったら、やっぱり一緒に暮らしていた、幼稚園時代に夕飯やお弁当のために作ったものだろうか。

——どんなから揚げを作っていたかな、私。正直、何か特別なものだった覚えはないのだけど。

とんかつ茶漬けを待ちながら、ぐっとビールを飲んで考える。

明里はあまり脂っこいものは好きではない。だから、たぶん、鶏胸肉を使ったはずだ。硬くならないように、小さくそぎ切りにした。幼稚園児だった明里の食べる量はびっくりするほど少なく、弁当箱も小さかった。切った胸肉を酒や醬油で下味をつけて……いや、あの頃、そんな手間をかけていられなかった気がする。酒は明里の料理には使わなかったはずだし。

「あ」

人のいない店内に、小さな叫び声が響きそうになってしまった。

——そうだった。から揚げ粉で作ったんだ。それも、本当に簡単な……大手メーカーの。

メーカーや紙袋のパッケージをありありと思い出した。

——私、忙しくて……結構、いいかげんだったな。

そうこう思い出しているうちに、注文したとんかつ茶漬けが届いた。

「当店、初めてですか」

店の若い女性がてきぱきとした口調で尋ねる。

「はい」

「では、まずはキャベツとカツを普通のご飯のおかずとして食べてください。それから、ご飯に残りのとんかつとキャベツをのせてお茶をかけてお召し上がりください」

「……はい」

熱い鉄板に盛られたキャベツは千切りではなく、切ったカツの上に一口大にしてよく炒めたものがのっている。どちらも、茶色のお醤油色に染まっていた。思わず、まじまじと見つめてしまう。

——こういう形状で現れるとは思わなかった……。

早速、言われた通り、とんかつとキャベツでご飯を食べる。

——なるほど。濃い目の醤油味だから、ご飯と合うんだ。キャベツもしっかり味がついていてご飯のおかずになる。これはビールにも良さそうだ。

生ビールをごくごく飲む。カツに醬油というのは初めての経験だが、ソース以上に、白米にもビールにもぴったりくる。

――意外に違和感がない。これまで、醬油で食べさせる店に出会わなかったのがむしろ不思議なくらいだな。

ご飯を半分ほど食べ進めたので、ついに茶漬けに挑戦してみることにした。

とんかつとキャベツをのせて、おそるおそるお茶をかけてみた。

――とんかつもキャベツもお茶漬けにするのはちょっと勇気がいるなあ。

しかし、軟らかく炒めてあるキャベツも味の濃いとんかつも、ご飯と一緒にサラサラかきこむとびっくりするくらいおいしかった。

用意された日本茶は少し苦みがあるほど濃く淹れられている。それがちょうどとんかつの脂っこさを中和してくれる。

メニューをよく読んでみた。このとんかつ茶漬けは、残り物のとんかつを消費するためのまかない料理だったものを、店でも出すようになったらしい。

――なるほど、冷めたとんかつをおいしく食べるために、醬油だれで温め直して、熱いお茶をかけて出したのかも。リサイクル料理でもあるし、冷めたからこそおいしいものもあるから。

ふっと明里のお弁当を思い出した。

食の細い彼女のために、弁当には白いご飯ではなく、チキンライスとから揚げと甘い卵焼きを入れていた。それならちゃんと完食してくれるので、一週間に三回はから揚げを作った。栄養が偏《かたよ》るのではと心配だったが、園長先生に相談したら、「朝ご飯も夜ご飯もちゃんと食べるなら大丈夫。明里ちゃんが自信を持って食べられるものにしましょう。そのうち、なんでも食べられるようになりますよ」と言ってくださって、ほっとした。

――優しい、いい先生だったなあ。もしかしたら、あれを食べたいと思っているのかも。

簡単だけど、から揚げ粉はからっと揚がるし、冷めてもおいしい。

明里が部屋に来てくれた時、祥子はがんばりすぎて、にんにく醤油に漬け込み、卵を溶き入れ小麦粉と片栗粉の衣をまぶして揚げた。本格的だと自負したが、から揚げ粉を使うほどからっと揚がらなかったし、味も濃かった。

――もしかしたら、明里はあの味を求めていたのかな。でも、違うかもしれない。違っていたら、恥ずかしい。ママの味、なんて言って、それが大手メーカーの味だなんて。

でも、試してみる価値はある。

「義徳さん」

暗闇でそっと呼びかけると、元夫は文字通り、飛び上がるほどびくっと震えた。

「なんだ、祥子か……」

「ごめん、こんな時間に。お疲れ様」

彼らの家の前、二世帯住宅の前で暗闇に隠れて待っていた。夕方から待ち続け、すでに十時を過ぎていた。

「どうしたんだよ」

最初の驚きが安堵に変わったのもつかの間、今度は不審の感情がじょじょに彼の顔に広がっていくのがわかった。

「ごめん、大丈夫だから。ホント、ごめん。実はね……」

祥子は早口で説明した。明里にから揚げを頼まれたのにうまく用意できなかったこと、ずっと悩んでいたこと。

「もしかしたら、明里が食べたかったのは、このから揚げかもしれないと思って持ってきた」

プラスチック容器に、から揚げとチキンライス、卵焼きを詰めたものを差し出した。

「急にごめんなさい。でも、どうしてもこれを食べさせたくて。中に手紙も入っているから」

「いいけど、祥子、ずっと待ってたの？　家に入ればよかったのに」

「だって、お義母さんが……」

「お袋、そんなに怖い人間じゃないぞ。祥子のこともいつも心配してる」

驚いた。でも確かに、気分屋だったけど、情の厚い人だった。

自分は怖がりすぎて、彼女の虚像を作っていたのかもしれない。離れていることで、わかることもある。

「ごめんなさい、でも、今日はここで失礼するわ」

「……わかった」

義徳はあっさりとうなずいて、祥子が渡した紙袋を手に家の中に入って行った。

——ちゃんと明里の元に渡るだろうか。今夜は無理だろうから、明日、食べるのかな。でもとにかく渡せてよかった。とにかく、あの手紙を読んでもらえれば。

『明里ちゃんへ
この間は、明里ちゃんが好きなものをちゃんと用意できなくてごめんね。いろいろ考えて、昔、明里ちゃんが好きだったお弁当を作ってみました。

でもね、明里ちゃんが思った通りのから揚げを作れなかったママも悪かったけど、大声で「こんなの食べたくない」って言った明里ちゃんもちょっといけないと思いました。お店の人は嫌な気持ちになったり、悲しい気持ちになったりしたでしょう。

ママは、明里ちゃんには優しく思いやりのある人になってもらいたいです。それがママのただ一つの願いです。

また、来月、会いましょうね。今からずっと楽しみにしています。明里ちゃんに会えるのが、ママの人生の一番の楽しみです。

じゃあ、またね。

ママより』

自分の行為が元夫や義母にどのように受け取られるかわからなかった。それどころか、当の明里にちゃんと食べてもらえるか、このから揚げが正解なのかどうかも。

——でも、それでもいい。

暗い夜道を駅まで歩きながら、祥子は胸に何度もつぶやいた。

お母さんはここにいる。ここにいて、いつも明里のことを考えている。

それが伝わってくれるだろうか。

祥子は祈るような、でも、どこか温かい気持ちで歩いていた。

第十六酒　中野坂上　オムライス

地下鉄の駅の階段を上がって地上に出ると、自然、ため息が出た。

自宅がある、この町にはずっとなじめていなかった。

地上に上がっていきなり、そびえ立つ高層ビルに囲まれる。それが視線をさえぎり、町の奥行きが感じられない。それだけでよそよそしく、寒々しい感じがした。

一日中、特にお昼時には、ランチの店を探すスーツ姿のサラリーマンやOLが行き交う。祥子のようにジーパンとTシャツでうろうろしていると、どこか疎外感があった。

これまで、昼食を仕事で訪れた町で摂っていたのはそれも一つの大きな理由だった。腰を落ち着けて、酒を飲みながら食べられるような店がなかった。

自分で選んだ町ではなく、亀山の親族がバブル期に税金対策として購入したマンションを格安で借りているということも理由の一つかもしれない。文句は言えなかったし、引っ越しもできなかった。事務所のある中野にも自転車で行けて、交通の便もいい。

仕方ないとあきらめてはいたが、時々、ふっと出て行きたくなる。しかし、それでは、彼の心遣いを無にすることになる。何より、そんな金はない。

――今日こそは、自分の町で店を探してみようか。ただ、びくつくばかりで眼《め》を背けていては、何も見えてこないのだから。

そう決心して、仕事を終えたあと、まっすぐに中野坂上に戻ってきた。

新規のお客さんだった。

指定された下北沢《しもきたざわ》のマンションの一室に向かうと、若い女性が一人で待っていた。ピンクでふわふわしたキャミソールとショートパンツ、下着のような部屋着だった。彼女の後ろには大きな段ボール箱がたくさん積み上がっていた。

「ええと、成田《なりた》ゆかりさん？」

「はい」

ふてくされたように返事をする。

「……今日はケガをした犬の見守りをするということでしたけど」

亀山から聞いていたのはそういう話だった。

「あー、犬。犬、いなくなっちゃったんです」

「え。じゃあ、仕事は必要ないってことですか」

「いや、代わりにしてほしいことがあるんですけど」

なんだか面倒なことになったと警戒した。犬がいなくなった、というのもあやしいし。

「あ、あの、どういうことでしょう。私は見守りの仕事を頼まれてきたんで、それ以外では」

たとえ相手が女性でも、部屋の中に入るのはそれなりに覚悟がいる。相手に少しでもおかしなところがあれば、帰ってきていいと日頃から亀山にも言われていた。

「ごめんなさい」

成田ゆかりは長くて茶色い髪が床につきそうなほど頭を下げた。

「でも、お願い、帰らないで」

手を取らんばかりの必死さで言う。

「なんですか」

「実は……」

玄関先で話を聞いたところによると、彼女の恋人の両親が急に上京することになり、明日、この部屋に訪ねてくることになったらしい。

「でも、ほら、部屋がこんなんでしょ」

引っ越しの時の段ボールがそのまま置いてある。その都度、必要なものだけ引っ張り出して使っているからか、物がはみ出して箱は無残につぶれ、ひどいありさまだった。

「お願い、片づけを手伝って」

「明日は無理だって断ったらどうですか」

「だって、田舎からご両親が来るなんて、こんないい機会、ある？　もしかしたら、一足飛びに結婚まで話が進むかもしれない……っていうか、これで粗相があったら結婚は絶対ないと思う！」

「まあ確かに」

「お願いします！　今日の夕方決まって、他の何でも屋やお掃除屋は昼間じゃなくちゃだめってすべて断られてしまったの。本当にお願いします」

「犬っていうのは最初から嘘なんですか」

「……そう。じゃないと来てくれないと思って」

小さくため息をついてしまった。

「今まで、彼を呼んだこと、なかったんですか」

「家に男なんて呼んだら親に叱られるって、お嬢様ぶってた」

思わず笑ってしまった。ゆかりも、自分で言って失笑している。

「……わかりました。やりましょう」

あー、ありがとう、ありがとう！　彼女は抱きつかんばかりの勢いで祥子に礼を言った。

それから、途中仮眠を取りながら（明日に備えて少しは寝ておいた方がいいと、祥子が彼女に勧めた）十時間以上かけて掃除をし、トイレや冷蔵庫の中まで整理した。それらもまた、部屋と似たり寄ったりの状況だった。

「冷蔵庫の中まで掃除するの？」

「しておいた方がいいです。冷蔵庫に女の中身が出る、とか言ってチェックするお義母さん、結構いるんですよ。お姑《しゅうとめ》さんになる人に冷蔵庫の中を見られて破談になった友達、知ってます」

途中、掃除をしながら、ゆかりに話しかけた。

「矛盾するようですが、あんまり構えない方がいいですよ」

「そういうわけにいかないよ」

「向こうだって、ゆかりさんと仲良くしたいと思っているはずです」

「そうかなー」

「そうですよ。いくら親が反対したって、かわいい息子が結婚したい相手なら許さない訳にいかないし、そうなったらこれから長年の付き合いになるのだから」

祥子はどこかすがすがしい気持ちで、ゆかりの部屋を出てきた。彼女は最後、拝むようにして感謝した。ただ見守るより、満足感があった。

——こういうことがあるから、見守りの仕事もやめられないんだよな。私、家事代行とかもいけるかもしれない。

一方でそろそろ別の仕事を探したり、資格でも取ったりしてみようか、という気持ちも芽生えていた。今の仕事は夜だけだし、不安定だ。いずれにしろ、離婚してすぐに亀山が誘ってくれたもので、ずっとできる仕事ではないと最初から思っていた。

——でも、だとしたら、マンションは出なければならない。

亀山と幸江が連れて行ってくれた、房総半島の農家はすばらしかった。八十四歳の女性が一人で畑を作っている。冬から春にかけてはストックやキンギョソウ、夏はシシトウを栽培している、と言っていた。空いている時期に旅行に行くのが趣味だそうだ。その楽しみのためのお金は自分で稼いでいる、と胸を張った老女の笑顔がまぶしかった。定期的に確実な収入がある、ということがうらやましく、土に根ざした肉体労働というのも、何か人間と自然の根源的な力を見せつけられたようで圧倒された。

——あんなふうに八十過ぎまで現金収入を生み出せるなんて、なんてすばらしいんだろう。

それに比べると、「見守り」という不安定で半端、しかも、亀山家の不動産がなければ続けられない仕事が急に不安になった。

いつもは大通りをまっすぐ家まで向かうのを、わざわざ小道を行きつ戻りつしてみる。

町全体が大きなビルに圧倒されたように、食べ物屋もその他の店もぱらぱらと点在している。

——商店街がないっていうのが、致命的なんだ。東京の町としては。

駅前には大きなチェーンのラーメン屋があるし、別の小道をのぞくと刀削麺《とうしょうめん》の店も見つけた。ランチにはさまざまなセットを用意しているらしい。

——本場の刀削麺というのは惹かれるなあ。千円以下のランチセットも充実している。これにビールつけたらいい晩酌《ばんしゃく》ランチになりそう。だけど、もう少し探してみたい。

白玉稲荷《しらたまいなり》という小さな神社を見つけて、十円をお賽銭《さいせん》箱に入れ、手を合わせた。

——白玉。おいしそうな神社。これは縁起がいいかも。

その脇の道を入ることにした。

一見、普通の住宅街に迷い込んでしまったようで、がっかりする。けれど、倉庫のような店舗のガラス戸に「炒《い》りたてコーヒー」の字を見つけて、ほっとした。

——へー、コーヒー豆のお店か……。淹れたてのコーヒーも飲めるのか。え、コーヒー二百三十円から三百円って書いてある。安すぎない？ ご飯食べたあとで寄ってみよう。

その先を行くと、真っ赤な看板が急に見えてきた。

――うわー、ザ・昔ながらの中華屋って感じの店だ。

店の前にカラー写真の入った看板が立っている。引き戸には店内が見えないほど、紙のメニューがびっしりと貼ってあった。

――つけめん、タンメン、スタミナ丼……。ん？　これはもしかして。

実は、祥子はその店をまったく知らないわけではなかった。

ここに引っ越してきた頃、ネットで検索して、いろいろな店を探した時に、この店も何度か引っかかっていたのだった。

――中野坂上、ラーメン、とか検索ワードを入れると、必ず出てくる店ではあるんだよな……。

けれど、これまで一度も入ったことがなかったのは、正直、グルメサイトでの評価が低かったからだ。そこに添えられた、口コミや食レポも一様に、熱がなかった。

――まずいだとか、けなしている人はあんまりいないのだけど、高く評価している人もいない、って店だった、確か。

それで、どうも食指が動かなかった。

――いわゆる、はやりの「町中華」って感じで悪くないんだけど、外観は。

深夜のテレビ番組で、本格中華とも、ラーメン屋とも違う、「町中華」というジャンルを紹介していたのを見たことがあった。

祥子はメニューの貼り紙の隙間からそっとのぞいてみる。カウンターに二人、中年男性が離れて座っているだけ。

――うーん、迷うなあ。誰も入っていないほど不人気店ならすぐにあきらめがつくのに、十一時半の時点でこの客の入りは微妙。ただただ、微妙。

写真のついたメニュー看板を改めて見る。麵類だけで上海《シャンハイ》メンだとか、広東《カントン》メンだとか、二十種類以上ある。いや、当店特製という欄にさらに、塩バターラーメンだとかカレー野菜ソバだとかあるから、もっと多い。しかもラーメンは五百円という、良心的な価格だった。

――しかし、一食の重みはでかい。失敗したくない。うーん。

グルメサイトの評価を思い出してみる。ラーメンもチャーハンも普通にうまいらしかった。だけどやっぱり、ものすごく評価が高いわけじゃなかったはずだ。

――ああ、どうして私を悩ませるのか。こんなに。駅前の刀削麵だったら、正直、はずれはないと思うの。絶対、おいしいはず。だけど。

なんだろう、今日はどこかそんな、「無難」な選択はしたくないのだ。せっかく、この町を探索して、新しい店を開拓したいと思ったのだから。

――ラーメンと餃子《ぎょうざ》か、チャーハンと餃子とかなら、そこまでひどいことはないだろう。それにビールをつければかなりまずくても、なんとかなる。

「よし、行ってみるか」

小さい声でつぶやいてしまうほど、大きな選択だった。

がらがら、と引き戸を開けると、いらっしゃい、という女性の柔らかい声で迎えられた。

白い割烹着《かっぽうぎ》に三角巾という服装の中年女性は、カウンターの中で中華鍋を振っている男性の妻かもしれない。優しそうで上品な顔立ちだった。

「どこでもお好きなところにどうぞ」

真っ赤なカウンター席に、四人掛けのテーブル席が三つ。どこでも、と言われたし、まだ、二人しか客がいないので、一番奥のテーブル席に座らせてもらう。すぐに氷入りの水が出てきた。

改めて、メニューをじっくり観察した。

麺類のほかに、オリジナル料理と当店特製、料理類、御飯類、スタミナ料理というジャンル分けがしてあった。

――麺類、御飯類はともかくとして、オリジナル料理と当店特製の違いはなんだろう……。

メニューについ、つっこみを入れてしまう。

――あ、中華屋なのに、カレーがある。かつ丼も。確か、町中華はこのメニューが定義の一つになっていたはず。さらに、ナポリタンがあれば、町中華のメニューとしては満点なんだが。

さすがにナポリタンはなかった。がっかりしたところに、祥子は思わぬものを見つけた。

――うどんナポリっていうのがある！　小ライス、スープ付きだって。うどんに小ライス……。これなら、町中華のメニューとしてはほぼ満点なのでは……あ。

そこに、中華屋にはさらにめずらしい、オムライス、チキンライス、ハムライスという三品が仲良く並んでいた。

――オムライス……久しく食べていない。最近のオムライスはどこもチキンライスの上にふわふわとろとろのオムレツが乗っていて、ソースはデミグラス。それはそれで悪くないが、昔ながらのオムライスも食べてみたかったところだ。そして、ハムライスとはこれ、いかに。

祥子はオムライスの文字をじーっと見た。

――本当は、ラーメンかチャーハンにすることに決めていた。ここで好みの味に出会えれば、この町がぐっと身近に感じられそうだし。

しかし、「オムライス」の威力が祥子を刺激する。

――中華屋のオムライスってどんなんだろう。休日の母親が作ってくれたようなものか、否か。

「すみません。オムライス、ください」

「はい」

おかみさんが品よく答えてくれた。

――飲み物はどうするかな。まあ、瓶ビールかな。

祥子の目の前の壁に、アルコール類のメニューが貼ってあった。

――ビール、キリン、サッポロ、アサヒ。大、中、冷えてます。なるほど。お酒、おかん、常温、冷酒。福島の酒です、うまいデス、たっぷり一合以上デス。コクが有ます。三百八十円か。有りますでなくて、有ます、というのがいいな。オムライスに合うとは思えないけど、飲んでみたい。

「すみません。それから、このお酒、冷酒でいただけますか。一合」

「はい」

すぐに、水滴のついたコップ酒と漬け物が出てきた。

――市販のきゅうりの漬け物と黄色いたくあんか。これはこれでいい。

確かに、なかなか力強い、風味のある酒だった。

――本当に「コクが有ます」だ。

「お待たせしました」

とん、とオムライスとスープの皿が運ばれてきた。

真っ白な洋皿に大きな黄色いオムライス。しっかりと焼かれた卵焼きに、チキンライスがくるまっている。ぷりんと太った形状も好ましい。真っ赤なトマトケチャップが一筋すーっとたらされている。脇にこれまた真っ赤な福神漬《ふくじん》け。

中華風の小鉢に入ったスープは濃い醬油色、小口切りのネギがたっぷり入っていた。

大きなステンレスのスプーンを手にとって、端からがしっと突き刺していく。小さくいただきます、とつぶやき、一口目を口に入れた。

――おいしいっ。何これ、おいしいじゃないか。いや、めちゃくちゃおいしいと言ってもいい！

卵焼きと甘めのチキンライス、たっぷりのケチャップ、三つのバランスがとてもいい。

卵焼きの塩加減と味付けが絶妙だ。

――それから、何より、中のチキンライスがとてもおいしい。よい香りがする。バター？　この店ならマーガリンだろうか。しっかりたくさん使って炒めてあるのだろうな。

　中の具は何が入っているのかちゃんと確認しなくちゃと思いながら、手を止めるのも惜《お》しくて、がつがつっと続けざまに頬張ってしまった。

――おいしい、本当においしい。

　やっと落ち着いて卵焼きの中を見たのは、半分ほど食べ進めたあとだった。チキンライスと思っていたが、よく見るとライスの中に入っているのは豚肉らしい。それとタマネギ、ピーマンが細切りで入っている。

――ポークライスになるのかしら。でも、これはこれでいいなあ。豚のうまみがご飯によく合っている。

日本酒とオムライスは合わないかも、と思っていたが、ライスの味が濃厚なのと、酒に臭みがないのでぜんぜん違和感がない。

――これはこれでなかなかいい。

　漬け物をぽりぽりとつまんで、酒を飲むのも悪くなかった。

――こういう料理を褒める時、お母さんの味、と言う人がいるけれど、それはどうなのだろうか。

祥子は日頃、テレビの料理番組でタレントが「わあ、お母さんが作ったみたい、おいしー」などと言うのが気になっていた。

――あれ、褒め言葉になっているのだろうか。懐かしい味、ということか？　それはプロの仕事を褒めるのに正しい言葉なのか。懐かしいというバイアスがかかっているからおいしいけど、そうじゃなければおいしくない、ということにならないだろうか。だいたい、その芸能人の母親の料理が上手かどうかもわからないし。正直、まずくて褒め言葉に困るような時に「お母さんの味みたい」と言うならまだわかるが、そういうわけでもなさそうだし。

祥子は目の前のオムライスをまじまじと見つめる。

――はっきり言って、うちの母親のオムライスはこんなにおいしくなかった。もちろん、二度と会えない母親の手料理だから懐かしいし、もう一度食べたいけど。友達の家で食べたオムライスもこんなにおいしくなかった。こんな料理が子供の頃出てきたら、びっくりしただろうな。

十二時を過ぎる頃には、つぎつぎとサラリーマンの男たちが入ってきて、カウンターはすぐにいっぱいになってしまった。年齢層はおおむね高い。駅前で連れ立って歩いている、祥子を気後れさせるような会社員たちは皆、二十代だ。けれど、ここには四十以上の男性しかいない。

中には、イスに座るなり、「おじさん、オムライスね」と頼んでいる男性もいた。――なんだ、やっぱり、オムライス、人気メニューなんだ。これ、絶対、おいしいし、癖になる味だと思う。考えてみれば、オフィスビルがたくさんあって、チェーンの食べ物屋は一通りそろっているような町だ。その場所で長年営業しているのだから、おいしくないわけがない。

グルメサイトの点数が低いからと躊躇《ちゅうちょ》していた自分が、バカで不遜《ふそん》に思えた。

お勘定をすると、千三十円だった。日本酒を飲んでこれは安い。

店を出ると、最初の計画通り、近くの「炒りたてコーヒー」の店に行くことにした。一階はコーヒー豆を販売する場所になっていて、カフェは地下らしい。

階段を下りていくと、雰囲気のいいカフェスペースがあった。中にはやっぱり、サラリーマンやOLがいた。豆を入れる樽をテーブルのように置いてある席に座った。

「本日のコーヒーはパプアニューギニアのシグリAAです」

お盆を持った店の青年にいきなり言われて、考える間もなく「では、それで」と注文してしまった。

「二百五十円です」

「え」

「先払いでお願いします」

祥子はコーヒーにはそう詳しくないが、とてもその値段で飲める品種ではないような気がした。驚きながら、財布から小銭を渡した。

すぐに運ばれたコーヒーを口に含んで、自分の予想がはずれていないことがわかった。薫《かお》り高く、さらりとして、酸味がある。久しぶりに、本格的でおいしいコーヒーを飲んだ。ランチの脂っこさやアルコールが、いい感じに流されていくのを感じた。

――おいしいもの食べて、いいコーヒー飲んで、最高だなあ。

ゆっくりとコーヒーを楽しんでいると、自然と数日前に亀山と交わした会話が思い出されてきた。

祥子は、介護の資格を取ることを考えている、と亀山に話した。その仕事に就《つ》くためというよりも老人を見守りする時、役に立つだろうと感じて。しかし、亀山はこの仕事が介護の方に偏ることを危惧《きぐ》していた。

「それはその方が今よりたくさん仕事は来るだろう。でも、だとしたら大きな責任も伴うし、大手には太刀打ちできない」

見守りというあいまいな仕事だからいいんじゃないか、都会に咲くあだ花って感じでさ、と彼は笑いながらその話し合いを終わらせた。

亀山の言いたいことはわかるものの、そのどこかに「まだそこまで責任をとりたくない」彼の内心がうっすらと見えた気がした。

――亀山事務所という後ろ盾があるからなあ。あいつは。なんだかんだ言ったって、亀山家の御曹司《おんぞうし》なんだから。

こっちの仕事が厳しくなったら、秘書になることもできるし、親の会社の手伝いをしたっていい。なんだったら政治家という道もあるのだ。

――あいつが政治家？　おえー。

彼は政治家になんてなるようなタイプじゃないし、別の仕事をするにしても祥子の面倒は見てくれるだろう、親分肌の性格を十分知った上で、「結局、ボンボンなのよ」と心の中で毒づいた。

これ以上、亀山や仕事のことを考えていると、せっかくのコーヒーに申し訳ない、と思って、最後の数口を飲み終わり、立ち上がった。

店を出る時、カウンターの中にいる、年輩の女性と目が合ったので会釈《えしゃく》した。こんなにおいしいコーヒーをこの値段で飲ませてくれてありがとう、という気持ちを込めて、「ごちそうさまでした」と挨拶した。

気持ちが伝わったようで、「このあたりの方ですか」と話しかけられる。

「あ、はい」

「毎日、違う豆のコーヒーを日替わりで出しているんです。楽しみにしてくださいね」

「あ、楽しみです。また来ます」

つい、自然に、そう答えてしまった。

家までの道のりを歩きながら考えた。

――なんだかんだ言っても、私はまだしばらくはこの町で生きていくしかない。ビルの多い、よそよそしいこの町で。

また来ます。

せめて、そう言える場所ができてよかったのではないか。

――でも、資格を取るのは私の勝手だ。勉強すれば、亀山の元にいてもできることは増えるだろうし。社長にその気がなくても。

勝手に一人多角経営。そう考えたら、何かおかしく、気持ちの迷いが吹っ切れたようで、この町で、この仕事をまだまだやれそうな気がした。

解説――見守り、見守られること

女優・作家　中江有里《なかえゆり》

きつい、辛《つら》い仕事の合間、食事ほど心慰められるものはない。

中でもランチはお値段も手ごろ、夜なら躊躇《ちゅうちょ》する高級店やディープな居酒屋も、お試し気分で入ることができる。

当たり前だが昼間の明るい時間だからいい。ランチをやっている店はひとりでも入りやすい。夜にひとりで食事する場所は、案外限られるのだ。

ところで本書を手に取った際、美味《おい》しいものを味わい、心がホッコリする小説をイメージされた方がいるかもしれない。

それは半分当たっている。そして半分は期待したものと少し違っただろう。

主人公はバツイチ、アラサーの主人公・犬森祥子《いぬもりしょうこ》。職業は「見守り屋」。勤務時間は夜の二十二時から朝の五時。客の要望に応じて、勤務時間はフレキシブルに変わる。

昼夜逆転した生活を送る祥子の一日の締めの食事はランチ。そこには必ずお酒がついてくる。

私は下戸なのだが、本書読書中は脳内では飲める自分になっていた。食事とのマリアージュで、さらに楽しい気分になる。

しかし祥子にとってのランチは、決して楽しいだけの時間ではない。

周囲を見れば、昼間に働く人ばかり。そんなランチタイムに酒を飲む自分。少しだけ後ろめたくて、世間とはぐれたさっぱり感すら漂う。

祥子にとってのお酒は、気分を和らげるだけでなく、現実からの逃避。ランチ後、誰もいない家に戻ったあと、すぐに眠るためのもの。彼女がそれを自覚した瞬間、私の脳内の酔いは強風に吹き飛ばされたように醒《さ》め、急に胸が痛んだ。

いわば本書の半分は美味しさ、残り半分は切なさで構成されている。

彼女が勤める「中野《なかの》お助け本舗」を利用する客たちにもどことなく切なさが漂う。

たとえば病気の子どもを見守ってくれる人が必要なキャバクラ勤めの母。

仕事で家を空けるため、認知症の犬の見守りを頼む客。

深夜に他人の見守りが必要というのは、身内に頼れる人がいないということだ。

見守る対象が、客本人の時もある。

誰かに見ていてもらいたい。話を聞いてもらいたい。子ども時代なら保護者や周囲の大人が担ってくれた役割を、今果たしてくれる人はいない。

だから祥子に仕事が舞い込んでくる。

仕事を請け負う祥子自身もまたひとり。一人娘の明里《あかり》は元夫のもとで暮らしていて、月に一度の面会もあっけなくキャンセルされる。

頼れるのは「お助け本舗」の社長の亀山《かめやま》と友人の幸江《さちえ》だけ。この二人と祥子は同郷で、彼女が北海道から上京してくる時も、離婚した時も手を貸してくれた。

本当に追い詰められた時、人は差し伸べられた手をつかむ。仕事も住まいもなかった祥子は二人に助けられて今に至っている。

食事は生きるために欠かせないもので、美味しい何かを食べるのは喜びだ。決して人生のむなしさを埋めるためのものではない。

祥子のランチは今日の仕事を終えた自分へのご褒美の時間で、値段もお得だ。たとえ現実逃避であっても、この一食が今日を締め、明日を迎えるためのエネルギーになることには変わりない。

客に呼び出されたその日の「職場」からの帰り道、祥子は立ち寄れる店を探す。

お気づきの方もいるかもしれないが、ここに出てくる店は実在するところばかりだ（一部閉店の可能性もあるが）。私も訪れたお店が複数ある。現実とフィクションとの嬉《うれ》しい重なりだった。

ランチならお試し気分で入れる、と冒頭で書いたものの、実際のところ初めての店に入るのは勇気がいる。別に店に遠慮するわけではない。この店に大切な一食を託す勇気だ。

たかがランチ、されどランチ。

祥子にとっては一日を終える貴重な食事。人によってランチの迎え方は違うだろうが、ひどいサービスやまずいものでもいい、なんていう人はいないだろう。

ところで個人的なことだが、私の実家は長年飲食店を経営していた。つまりランチを提供する側だった。私自身忙しいランチタイムに駆り出されて手伝うこともあった。

だから祥子が初めてのお店に入って、ランチをオーダーし、お酒を頼む瞬間の逡巡《しゅんじゅん》——昼にお酒を呑《の》むことを普通に受け入れてほしい、そう思いながらも、どことなく遠慮が滲《にじ》む気持ちがよくわかった。

客がいなければ飲食店は成り立たない。でも店は店員の職場で一種のテリトリーでもある。

一見《いちげん》の客の場合にとって、初めての店は疎外感を覚える場でもあるのだ。そんな高いハードルを越えて来訪した客は常連以上に丁寧に接客をしなくては、と手伝いながら考えた記憶がある。一見客の対応はとても緊張した。

話は少々逸れたが、仕事帰りの祥子はランチ酒という時間を現実逃避だけでなく、自身を鼓舞する時間にも変えている。

祥子の心の声を通して本日のランチの選択、実際届いた食事について丁寧に描写される。

冒頭の肉丼は、

「花開いている。薄切りの牛肉が丼の上に隙間なく敷き詰められて、薔薇《ばら》のように花開いている。その上に、がりりと黒コショウがたっぷり」

唾液《だえき》が止まらないだけでなく、脳内に浮かぶ肉丼の美しいこと！　薔薇色の肉の一切れを口に入れ、芋焼酎《いもじょうちゅう》を飲んだあと、

――褒めてやりたい。ここに決めた十数分前の自分を、力いっぱい抱きしめたい。

自分を励まし、慰めるのは自分。祥子の言葉にふれ、美味しい食事は人をこんなにも素直にするものかと思う。

中には忘れられないランチもある。

元夫と娘の明里と三人でのランチ。祥子が明里に初めてフレンチを御馳走《ごちそう》する場面だ。ここでは元夫婦が明里へ報告しなければならないことがあった。

おそらく祥子と明里にとって生涯にわたって何度も思い出す食事の時間。悲しさと寂しさに満ちたランチの思い出になるかもしれない。でも美味しかったという料理の記憶が心

を慰めてくれるはず。

そして亀山や幸江とのランチもある。

祥子にとってランチはひとりのほうが深く味わえるのだろうが、ランチ酒をする気力も失った時に「うまい魚を食べに」「酒も好きなだけ飲んでいい」という気の置けない仲間の言葉はありがたい。

——お酒を飲むっていうのも体力や気力がいるもんなんだな。

そんな祥子のそばに居て、話を聞いてくれる亀山と幸江。二人は「見守り屋」の祥子を見守ってくれている。

人はひとりでは生きられない。よく聞く言葉であるが、人の手を借りて生きている人、その手になっている人には身に沁《し》みる言葉だ。

離れて暮らす明里を心で見守る祥子のように。

そんな祥子を見守る亀山と幸江のように。

そして祥子が見守る今夜の客のように。

一日の終わり、思い切って入ったお店でランチとそれに合う酒を頼み、一心不乱に食べる客を見守る人もいる。

気付かないうちに人はどこかで見守られている。

（この作品『ランチ酒』は平成二十九年十一月、小社より四六判で刊行されたものです）

ランチ酒

一〇〇字書評

切り取り線

購買動機（新聞、雑誌名を記入するか、あるいは○をつけてください）

□（　　　　　　　　）の広告を見て	
□（　　　　　　　　）の書評を見て	
□ 知人のすすめで	□ タイトルに惹かれて
□ カバーが良かったから	□ 内容が面白そうだから
□ 好きな作家だから	□ 好きな分野の本だから

・最近、最も感銘を受けた作品名をお書き下さい

・あなたのお好きな作家名をお書き下さい

・その他、ご要望がありましたらお書き下さい

住所	〒				
氏名		職業		年齢	
Eメール	※携帯には配信できません		新刊情報等のメール配信を 希望する・しない		

この本の感想を、編集部までお寄せいただけたらありがたく存じます。今後の企画の参考にさせていただきます。Eメールでも結構です。

いただいた「一〇〇字書評」は、新聞・雑誌等に紹介させていただくことがあります。その場合はお礼として特製図書カードを差し上げます。

前ページの原稿用紙に書評をお書きの上、切り取り、左記までお送り下さい。宛先の住所は不要です。

なお、ご記入いただいたお名前、ご住所等は、書評紹介の事前了解、謝礼のお届けのためだけに利用し、そのほかの目的のために利用することはありません。

〒一〇一-八七〇一
祥伝社文庫編集長　清水寿明
電話　〇三（三二六五）二〇八〇

祥伝社ホームページの「ブックレビュー」からも、書き込めます。

www.shodensha.co.jp/bookreview

祥伝社文庫

ランチ酒《ざけ》

令和 2 年 10 月 20 日　初版第 1 刷発行
令和 6 年 9 月 15 日　　　第 26 刷発行

著　者　原田《はらだ》ひ香《か》

発行者　辻　浩明
発行所　祥伝社《しょうでんしゃ》
東京都千代田区神田神保町 3-3
〒 101-8701
電話　03（3265）2081（販売）
電話　03（3265）2080（編集）
電話　03（3265）3622（製作）
www.shodensha.co.jp

印刷所　堀内印刷
製本所　ナショナル製本
カバーフォーマットデザイン　芥 陽子

Printed in Japan ©2020, Hika Harada ISBN978-4-396-34674-4 C0193

祥伝社文庫の好評既刊

飛鳥井千砂
君は素知《そし》らぬ顔で
気分屋の彼に言い返せない由紀江《ゆきえ》。彼の態度は徐々にエスカレートし……。心のささくれを描く傑作六編。

西 加奈子ほか
運命の人はどこですか？
この人が私の王子様？ 飛鳥井《あすかい》千砂《ちさ》・彩瀬《あやせ》まる・瀬尾《せお》まいこ・西《にし》加奈子《かなこ》・南《みなみ》綾子《あやこ》・柚木《ゆずき》麻子《あさこ》

瀬尾まいこ
見えない誰かと
人見知りが激しかった筆者。その性格が、どんな出会いによってどう変わったか。よろこびを綴った初エッセイ！

柚木麻子
早稲女《ワセジョ》、女、男
自意識過剰で面倒臭い早稲女の香夏子《かなこ》と、彼女を取り巻く女子五人。東京で生きる女子の等身大の青春小説。

垣谷美雨
子育てはもう卒業します
就職、結婚、出産、嫁姑問題、子供の進路……ずっと誰かのために生きてきた女性たちの新たな出発を描く物語。

垣谷美雨
農ガール、農ライフ
職なし、家なし、彼氏なし――。どん底女、農業始めました。一歩踏み出す勇気をくれる、再出発応援小説！